AF355521

Ernst Wichert

Das Duell

e-artnow 2018

Ernst Wichert
Blinde Liebe

Wilhelm Raabe
Unruhige Gäste

Joseph Roth
Perlefter

Adalbert Stifter
Der Nachsommer (Ein Bildungsroman)

Wilhelm Raabe
Der Hungerpastor

Ernst Wichert

Das Duell

Die Geschichte einer Freundschaft des Autors von "Heinrich von Plauen" und "Der Bürgermeister von Thorn"

e-artnow, 2018
Kontakt: info@e-artnow.org

ISBN 978-80-273-1959-6

Inhaltsverzeichnis

I. 11

II. 34

Inhaltsverzeichnis

I. 11

II. 34

I

Drei Universitätsfreunde, der Burschenschaft angehörig, mit nicht gewöhnlichem Eifer allem Zeitbewegenden zugewandt, hatten einander, als sie mit Ablauf desselben Semesters in das Philisterland abreisten, das feierliche Versprechen gegeben, an einem bestimmten Tage nach zehn Jahren in der Reichshauptstadt zusammentreffen zu wollen, nicht nur, um ein hoffentlich fröhliches Wiedersehen mit einem guten Glase Wein zu begießen und dabei der schönen Studentenzeit zu gedenken, sondern vielleicht mehr noch zur Prüfung, ob man in allerhand Hauptfragen des Lebens einig geblieben und auch weiter geneigt sei, dieselbe Richtung, wenn schon auf verschiedenen Straßen, einzuhalten. In zehn Jahren, hatten sie gemeint, könne sich so viel verändert haben, daß gleichsam ein neues Losungswort ausgegeben werden müßte: könne man das finden, so sei es gewiß ein gutes Zeichen fortdauernder innigster Zusammengehörigkeit.

Sie hatten in Leipzig und Heidelberg, zuletzt in Berlin studiert, und hier warteten sie einander nun vor einem Hause in der Dorotheenstraße ab, in welchem sich damals eine gemütliche Weinkneipe befunden hatte, die den Rendezvousplatz abgeben sollte. Das alte, noch an die Zopfzeit erinnernde Haus war inzwischen niedergerissen und durch einen Bau von doppelt so vielen Stockwerken ersetzt, die nun sämtlich anderen Zwecken dienten. Sie kundeten aber den Wirt aus, der eine Straße weiter sein altes Weinlager gekellert und eine Trinkstube ungefähr im früheren Stil eröffnet hatte. Dort saßen vormittags und abends die Gäste, denen es noch immer mehr auf einen guten Tropfen als auf eine glänzende Ausstattung des Lokals ankam, an einfachen Holztischen, und hier fanden auch die drei Freunde eine stille Ecke, in der sich's behaglich von Vergangenheit und Zukunft heiter und ernst plaudern ließ. Vom Briefschreiben hielten alle drei nicht viel, so daß sie das wenige nicht ganz Berufsübliche, was jedem in dem Decennium passiert war, meist erst jetzt erfuhren. Auch das eigentlich nur in kurzen Randbemerkungen. Es geht alten Freunden so, daß sie lange Zeit fast für einander tot zu sein scheinen und beim Zusammentreffen die Empfindung haben, nie getrennt gewesen zu sein.

Der eine – Arnold Runge – hatte erst Theologie, bald aber, seine Freigeistigkeit fürchtend, Philologie studiert und war Gymnasiallehrer irgendwo in Schlesien, hatte auch geheiratet und sogar schon zweimal taufen lassen. Ein rechter Brausekopf, mit aufstehendem rotblondem Kraushaar und zwei breiten Schmarren über der linken Backe bis in den Mundwinkel hinein, jetzt nach der dritten Flasche wieder stark gerötet. Er zuckte immer mit den Augenbrauen, als bemerkte er unter dem Schultisch eine verbotene Version, und schlug gewohnheitsmäßig gern mit der Hand auf den Tisch, die Blicke auf sich zu lenken. Keine Minute lang saß er fest auf seinem allerdings nicht bequemen Holzstuhl, schnaufte, räusperte sich, führte auf der Tischplatte sein Glas in allerhand Figuren herum und mißhandelte seine Cigarre, indem er sie nach jedem Zuge auf einen Aschteller stippte und unten breit auseinander trieb.

»Ich denke, der Reden sind genug gewechselt,« rief er, »laßt uns nun endlich Thaten seh'n.«

»Was heißt das?« fragte sein Nachbar zur Linken. Veit Glauberg, der nach mancherlei naturwissenschaftlichen und nationalökonomischen Studien den philosophischen Doktor gemacht, dann weite Reisen unternommen und endlich einen reichen Onkel beerbt hatte, dessen Fabriken sich eines weiten Rufes erfreuten; »du bist ja doch bisher scharf in der Opposition gewesen, Arnold.«

»Ja, ich habe meine Gründe vorgebracht und mit Eifer verfochten,« antwortete dieser, »das war meine Schuldigkeit. Aber wenn eure Gründe besser sind … Ich habe einen gewaltigen Respekt vor der Logik und Vernunft. Ist das Duell, von allen Seiten angesehen, Unsinn, so ist es eben Unsinn und muß sobald als möglich aus der Welt geschafft werden. Was wir drei dazu thun können, das sind wir verpflichtet zu thun. Denn: wer die Wahrheit kennet und saget sie nicht – und so weiter. Es vergißt sich nur nicht so leicht, daß man als Student fleißig auf der Mensur gestanden und mit dem Schläger in der Hand gelobt hat, die Ehre über das Leben zu setzen.«

»Unsere Gesichter sind ja genügend gezeichnet,« meinte Glauberg lachend und den braunen Vollbart behäbig ausstreichend. »Man wird uns glauben, daß wir auf der Universität nicht feige Hunde gewesen sind. Überhaupt die Schlägermensuren der Studenten! – reden wir davon nicht. Unsinn sind sie natürlich auch, aber das steht auf einem anderen Brett. Mit der Frage, ob ein Ehrenmann moralisch verpflichtet und berechtigt ist, seine verletzte Ehre mit den Waffen zu rächen, haben sie kaum etwas zu thun. Gefährliche Spielerei, nichts weiter! Allenfalls ein pädagogisches Mittel, die Mannhaftigkeit zu stärken. Ist man mit der Schule fertig, so soll man zusehn, was das Leben fordert. Und ich bleibe dabei, das jetzige Duellunwesen ist eine schwere Gefahr für die bürgerliche Gesellschaft, die nur durch das entschlossene und mutige Zusammenstehen aller ernstlich Besorgten eingedämmt und beseitigt werden kann.«

»Ich bin ja schon mit dir einverstanden,« knurrte der Gymnasiallehrer, indem er mit dem kleinen Finger die glühenden Deckblattfetzen seiner Cigarre so eifrig abstrich, daß sie über den ganzen Tisch hinflogen. »Man muß sich nur dazu entschließen, ein gesellschaftliches Vorurteil auf seine Vernünftigkeit zu prüfen, dann ist es schon halb abgethan.«

Es war also die Duellfrage, mit der die Freunde sich beschäftigt hatten. In letzter Zeit hatten sich so erstaunlich viel Fälle zur öffentlichen Kenntnis gebracht, in denen der Ehrenkodex eines exklusiven Teils der Gesellschaft blutige Opfer forderte, daß mit Recht die Besorgnis entstehen konnte, diese prinzipielle Mißachtung des göttlichen und staatlichen Gesetzes müsse wie eine ansteckende Krankheit auch die gesunden Glieder des Volkskörpers ergreifen und völlig demoralisierend wirken. Es lag für drei nachdenkliche Männer, die in der studentischen Verbindung dem Duellzwange gehuldigt hatten, Reserveoffiziere geworden waren und in gesellschaftlichen Kreisen verkehrten, die ihnen bei entstehenden Konflikten nach der landläufigen Meinung bestimmte Verpflichtungen auferlegten, genug Anlaß vor, nach festen Grundsätzen für ihr Verhalten zu suchen. Gelang es ihnen, sie aufzufinden und zu befestigen, so hatte der Freundschaftstag mindestens *ein* wichtiges Ergebnis.

Der Amtsrichter Walther von Dürenholz, welcher gegenüber saß und den etwas massiven, aber im Profil feingeschnittenen Juristenkopf in die Hand stützte, hatte sich anfangs bei der Debatte sehr lebhaft beteiligt, zuletzt aber schweigend zugehört. Die klugen grauen Augen wanderten von dem einen der Sprechenden zum anderen, bald sich weit öffnend, wenn das Gespräch eine überraschende Wendung nahm, bald ruhig abwartend, ob sich ein gangbarer Weg zeigen werde. »Ich glaube, liebe Freunde,« sagte er jetzt, indem er sich vom Tisch aufrichtete und in den Stuhl zurücklegte, »wir haben den Stoff erschöpft und können gleichsam zur Abstimmung schreiten. Sie wird nötig werden, obgleich unsere Meinungen kaum noch in irgend einem wesentlichen Punkte auseinanderzugehen scheinen. Es war ja vorauszusehen, daß Männer von unserer Sinnesart und Bildung sich dem Verdikt gegen das Duell anschließen würden. In der That erweisen sich alle Gründe, die es verteidigen sollen, als bloße Scheingründe, mit denen höchstens dargethan werden kann, daß unsere gesellschaftlichen Zustände noch so barbarisch sind, bei Verletzungen der sogenannten Standesehre ein so gesetz- und vernunftwidriges Ausgleichsmittel zu brauchen. Es scheint kein Fall konstruierbar, in welchem das Duell wirklich als eine sittliche Notwendigkeit anerkannt werden müßte. Wenn wir nun aber darüber einig sind, so stehen wir vor der anderen Frage: Was haben wir zu thun, um dieser Erkenntnis, soweit es an uns ist, Anerkennung zu verschaffen? Ist es genug, daß wir unsere Ansicht überall offen vertreten, wo man sie nicht will gelten lassen? Oder ist es auch unsere Pflicht, uns untereinander verbindlich zu machen, ihr jederzeit und in jedem Falle nachzuleben? Nur wenn wir dazu entschlossen sind, hat unser Urteil Wert.«

»Aber das versteht sich doch eigentlich von selbst,« polterte Arnold, »daß wir handeln, wie wir denken. Ich wenigstens –«

»Na – zwischen Theorie und Praxis klafft manchmal ein weiter Spalt,« fiel Glauberg bedächtig ein. »Ich meine doch, Walther hat recht, daß man sich förmlich binden muß. Die menschliche Natur ist schwach.«

»So wird sie auch nicht stärker durch ein Versprechen.«

»O doch! Man hat einen Riegel vorgeschoben, der das Ausbrechen erschwert.«

»Und worauf sollten wir einander das Wort geben?«

»Darauf,« antwortete Dürenholz mit ruhigem Ernst, »daß wir nie, was auch geschehen sei und in Zukunft geschehe, eine Forderung ergehen lassen oder annehmen! Nie – und unter keinen

Umständen! Ja, liebe Freunde, das ist die Konsequenz. Haben wir nicht den Mut, für uns die Möglichkeit des Nachgebens gänzlich auszuschließen, so ist es besser, wir lassen die großen Worte. Nur das einfache im Voraus gesprochene Nein überhebt uns aller Bedenken und giebt unserem Handeln für jede Lebenslage Festigkeit. Ich weiß, was das sagen will, und deshalb dringe ich darauf, daß wir völlige Klarheit schaffen.«

Glauberg ließ den Weinrest in seinem Glase umlaufen und blickte nachdenklich vor sich hin. »Ganz recht,« bemerkte er, »man stellt sich möglicherweise eine schwere Aufgabe.«

»Eine sehr schwere,« bestätigte der Amtsrichter. »Was mich selbst betrifft – meine Berufsthätigkeit erfordert mitunter ein rücksichtsloses Vorgehen, und das richterliche Ansehen will gegen jeden verletzenden Angriff gewahrt sein. Mein Name, auch wenn er mir nur ein Name ist, weist mich äußerlich einem Stande zu, der von jeher für sich eine besondere Ehrenstellung in Anspruch genommen hat. Was für Anschauungen in Offizierskreisen gelten, ist bekannt, und mein künftiger Schwiegervater, obgleich jetzt außer Diensten, gehört zu ihnen und steht, wie ich weiß, auf einem Standpunkt, der dem meinigen gerade entgegengesetzt ist. Gleichwohl bin ich bereit, euch mein Wort zu verpfänden, daß ich ehrlich bemüht sein will, jede Versuchung niederzukämpfen, was ich mir auch vorher schon zur Gewissenspflicht gemacht hatte. Folgt mir oder nicht – meine Wahl ist getroffen. Wenn wir uns nach zehn Jahren wiedersehen, hoffe ich von mir sagen zu können, daß ich mir selbst treu geblieben bin.«

»Hoffentlich als wohlbestallter Rat bei einem Obergericht, glücklicher Ehemann und Familienvater,« fügte Glauberg hinzu, worauf er seinen Wein austrank und den Rand des umgekehrten Glases auf seinen Daumennagel setzte.

Arnold Runge legte den Arm mit der geöffneten Hand über den Tisch. »Schlagt ein,« rief er mit nicht mehr ganz leichter Zunge. »Drei für einen – und gleiche Brüder, gleiche Kappen! Ich verspreche, solange ich bei gesunder Vernunft bin –«

»Es bedarf unter uns keines feierlichen Abkommens,« fiel Dürenholz ein, indem er seine Hand nahm und schüttelte. »Gelobe jeder sich selbst, was er meint sich geloben zu können. Und Handschlag darauf, daß es ihm Ernst ist.«

Glauberg fügte seine Rechte dazu. »Dies sei unser Rütli,« sagte er. »Und nun die letzte Flasche! Einem so guten Werk muß man die Champagnertaufe geben.«

»Ohne davon noch weiter zu sprechen,« ergänzte der Amtsrichter spitz.

»Ja, trinken wir eine letzte recht vergnügte Flasche,« bestätigte Runge und winkte dem Kellner in der blauen Schürze, der schon schläfrig in der Ecke saß, »aber nicht mit schäumendem Zuckerwasser gefüllt, sondern eine spinnewebige, die an die gute alte Zeit erinnert, in der man beim Wein nicht so tiefgründige Gespräche zu führen, aber zu singen pflegte: Es hatten drei Gesellen ein fein Kollegium –« Er sang wirklich, griff aber den Ton zu hoch und kam mit der Stimme nicht hinauf. »Ah! zum Kapellmeister tauge ich noch immer nicht.«

Dafür trank er den größten Teil des edlen Rüdesheimers allein aus. Als der letzte Tropfen getilgt war, brachen die Freunde auf. Dürenholz mußte zur Bahn, da sein Urlaub am anderen Tage ablief. »Auch ist die Sehnsucht nach der Braut gewiß groß,« bemerkte Glauberg. »Mein Himmel, wir haben über sie noch so wenig gesprochen; ich glaube, nicht einmal den Namen hast du uns genannt, und wenn wir nicht den verräterischen Ring an deinem Finger bemerkt hätten, wer weiß, ob wir überhaupt von dem großen Ereignis etwas erfahren hätten. Wann wird denn die Hochzeit sein?«

»Hoffentlich nun bald,« antwortete Dürenholz lächelnd. »Die Beschaffung der Ausstattung machte Schwierigkeit. Meine Braut ist ganz unvermögend, und ich habe auch nur mein Gehalt. Der alte Oberstleutnant hat sehr strenge Ansichten. Er will keines Menschen Schuldner werden und erlaubt auch mir nicht einmal, das erforderliche kleine Kapital aufzunehmen. Was durchaus erforderlich, wollte er von seiner Pension nach und nach ersparen. Das ging natürlich nicht schnell. Wir mußten eine lange Weile unsere Verlobung geheimhalten. Vor einem halben Jahre ist sie publiziert, und jetzt, denke ich, sind wir bald am ersehnten Ziel. Dann hab ich freie Hand, das Fehlende nachzuliefern.«

»Vergiß nicht, lieber Bruder, daß du mir nur eine Zeile zu schreiben brauchst –« sagte Glauberg, ihm die Hand auf die Schulter legend.

Dürenholz nickte. »Das Darlehn dürfte diesmal kaum fürchten, sich und den Freund zu verlieren,« erwiderte er, »aber – ich bekomm's überall leicht, da ich in eine Lebensversicherung eingekauft bin.«

»Aber auf dein bloßes Angesicht –«

»Gut, gut! Ich kenne ja deinen Leichtsinn ausreichend.«

Glauberg seufzte: »Meinen Leichtsinn! Ich wollte, du hättest recht. Ich bin aber eher zu schwerblütig seit Übernahme der Fabriken, in die ich mich erst hineinleben muß, etwas verschüchtert, wage mich an die Frauenzimmer nicht recht heran, verstehe nicht zu leben, wie ich könnte, schäme mich, unsinniges Geld zu verdienen, da ich es nicht ebenso unsinnig auszugeben weiß. Zum Glück hab ich einen verbummelten Schwager, der von Zeit zu Zeit einen Teil des Überflusses abzapft. Jetzt hab ich ihm ein großes Blatt gekauft, da er von Hause aus Litterat ist, und da wird's wohl eine Weile dauern, bis er abgewirtschaftet hat. Übrigens soll er als Redakteur recht geschickt sein.«

So plaudernd langten sie auf dem Bahnhof Friedrichstraße an.

»Ich nehme euch nicht mit hinauf,« sagte der Amtsrichter. »Suchen wir uns einen stillen Winkel hier in der Halle zur letzten Umarmung.« So geschah es. Dann an der Treppe trennten sie sich.

Der Oberlehrer ging nicht ganz sicher; er hatte seinen Arm in den Glaubergs gelegt und stützte sich merklich auf ihn. »Trinken wir noch eine Tasse Kaffee?« fragte er, als sie in die Nähe der Linden kamen.

»Ich habe nichts dagegen,« antwortete Glauberg. »Dürenholz ist doch noch immer der Alte. Ich hörte unseren Senior sprechen, wie er damals gegen die Korps zu Felde zog, die Verderber des studentischen freien Geistes, und gegen die Indifferenten, die auch als Männer nicht Partei ergreifen, sondern sich um alle zeitbewegenden Fragen herumdrücken würden.«

»Ja,« bestätigte Runge weinselig kichernd, »er ging immer auf das Ganze. Und das ist seine Art auch heute noch. Immer auf das Ganze! Er kann's einmal – hi, hi, hi – zu etwas ganz Großem bringen, oder – da drüben ist das Café Bauer.«

Sie steuerten darauf hin. Glauberg, der ein Hüne von Gestalt war, hielt den Begleiter fest am Arm und brachte ihn auch sicher durch die große Glasthür.

Es war schon spät in der Nacht und das Lokal gefüllt. Rechts hatte ein Dutzend Herren an zusammengeschobenen Tischen Platz genommen. Sie unterhielten sich sehr laut. Es befanden sich darunter auch einige jüngere, aber die meisten hatten das Aussehen gereifter Männer in den Dreißigern oder Vierzigern. Alle trugen sie Farbenbänder, zum Teil über den Rock gehängt. Die roten Gesichter und lallenden Stimmen bewiesen, daß sie scharf pokuliert hatten. Es waren augenscheinlich alte Herren einer studentischen Verbindung, die von irgend einer Festfeier kamen und noch lange nicht Lust hatten, nach Hause zu gehen.

Glauberg blickte über den Kreis hin, stutzte und blieb stehen. »Gehen wir lieber wo anders hin,« sagte er.

»Weshalb?«

»Es ist hier zu voll.«

»Ach – ein paar Stühle finden wir schon noch.«

»Nein, komm! Da sitzen auch alte Herren von den Sueven.«

»Wo?« Er sah nach rechts. »Ah ja. Was thut das? Sie sollen sich doch nicht einbilden, daß wir uns vor ihnen drücken?«

»Sie haben uns noch nicht bemerkt.«

»Gleichviel. Denen geh ich nicht aus dem Wege – denen aus keinen Fall!« Er zog Glauberg weiter in den Saal hinein.

»*Wir* haben getrunken,« wehrte dieser, »und *sie* haben getrunken. Man kann nicht wissen –«

»Aber ich bin ganz nüchtern,« versicherte der Oberlehrer, »und überhaupt – was gehen uns die Kerls an?«

»Nichts. Das vergiß doch nicht.«

Es war nur noch ein kleiner Tisch ganz in der Nähe der lustigen Gesellschaft frei. Sie setzten sich und bestellten Kaffee.

Glaubergs Vorsicht war sehr gerechtfertigt. Die Burschenschaft, welcher die Freunde angehörten, war bei Gelegenheit eines Fackelzuges, durch den der Rektor geehrt werden sollte, mit dem Corps Suevia in Streit geraten. Die Corps hatten den Vortritt beansprucht, es war aber durchgesetzt worden, daß die Reihenfolge durch das Los bestimmt werden sollte. Die Sueven hatten eine tiefere Nummer gezogen, drängten sich aber, als der Zug schon in Bewegung kam, plötzlich vor und schoben sich so ein, daß sie die Burschenschaft hinter sich ließen. Nach dem Zusammenwerfen der Fackeln kam es zu einer Rempelei, bei der die Sueven unterlagen. Es folgten von dieser Seite massenhaft Forderungen auf Pistolen. Sie wurden abgelehnt, solange das Corps eine öffentliche Entschuldigung wegen der frechen Eigenmächtigkeit unterlasse. Darauf war gegenseitige Verrufserklärung erfolgt. Mehrere Jahre später wurde zwar, nachdem beide Verbindungen vom Senat suspendiert waren, ein Ausgleich erzielt; doch fraß der Groll weiter. Runge und Glauberg hatten der Burschenschaft gerade zu der Zeit angehört, als jener Konflikt ausbrach, und es befanden sich unter den Herren nebenan mehrere, die bei der Holzerei Prügel bekommen hatten. Es ließ sich nicht voraussetzen, daß sie sich jetzt ruhig verhalten würden, wenn sie die Gegner erkannten.

Und das geschah sehr bald. Man gab sich über die zusammengerückten Tische hin Winke. Ein Dicker, der den Hut von der heißen, mit Narben bedeckten Stirn zurückgeschoben hatte, schnupperte auffällig mit der roten Nase in der Luft herum und äußerte, es rieche plötzlich so schlecht, worauf ein unbändiges Gelächter losbrach. Es wurde auf die Ursache geraten, und dabei fielen anzügliche Bemerkungen über Verbindungen, die in schlechtem Geruch ständen, weil sie aus nichtigen Gründen Forderungen hätten hängen lassen. Es sei endlich für den Senioren-Konvent Zeit, durchzugreifen und zu beschließen, daß die Corps sich bei studentischen Veranstaltungen überhaupt nur unter der unbedingten Zuerkennung des Vortritts zu beteiligen hätten. Die Prätension der Gleichberechtigung sei überall als eine Unverschämtheit zurückzuweisen. Allgemeine jubelnde Zustimmung.

Arnold Runge hielt sich nicht länger. Sein Blut kochte. Er erhob sich. Glauberg wollte ihn niederziehen, aber er bat: »Laß mich – ich weiß, was ich thue.« Sich umkehrend, sagte er: »Ich ersuche die Herren, sich etwas vorsichtiger zu äußern. Ich bin Burschenschafter.«

Einen Augenblick entstand Stille. Dann erwiderte der Dicke spöttisch: »So geht es Sie ja mit an.«

»Deshalb eben,« sagte der Oberlehrer, den Ärger verbeißend. »Ich nehme an, daß es nicht die Absicht der Herren sein kann, Beleidigungen auszusprechen.«

»Wem das nicht gefällt, was wir sprechen, der höre nicht zu,« lautete die hochnäsige Antwort.

»Es muß ihm nur die Möglichkeit gegeben sein,« replizierte Runge. »Übrigens ist mein Zweck erreicht, die Herren darauf aufmerksam zu machen, daß Sie von jemand, den es mit angeht, gehört werden. Weiter habe ich nichts zu sagen.«

Er verneigte sich leicht und setzte sich wieder. »Wir wollen unseren Kaffee austrinken und bezahlen,« riet Glauberg leise.

»Jetzt müssen wir bleiben,« entschied der Freund. »Die gute Sache fordert das.«

»Du merkst doch, daß sie etwas im Kopf haben. Und wenn sie nun nicht schweigen –«

»Hinter meinem Rücken sollen sie nichts Anzügliches reden. Wir sind es unserer Burschenschaft schuldig, nichts auf uns sitzen zu lassen.«

»Du sprichst wie ein Student. Bedenke –«

Es war schon zu spät. Das Gespräch nebenan wurde sogleich wieder aufgenommen.

»Wie war das denn eigentlich damals bei dem Fackelzuge?« fragte ein Grünschnabel, sich an den Dicken wendend. »Du bist ja damals Senior gewesen.«

»Pah!« machte der. »Wir wahrten unseren Standpunkt und hätten mit den Waffen Genugthuung gegeben, wenn's verlangt wäre. Aber es schien denen ja ritterlicher, vier Fäuste gegen zwei zu gebrauchen. Auf unsere Forderung reagierten sie mit einer lächerlichen Verrufserklärung. Die unsere war wirksamer, denn die sämtlichen Corps schlossen sich uns natürlich an.«

»Fünf gegen einen,« sagte Arnold Runge laut, »und die Retourkutsche blieb doch stecken.«

»Zahlkellner!« rief Glauberg.

»Ich trinke noch eine Tasse Kaffee,« bemerkte der Oberlehrer weit hörbar, »dann stehe ich zur Verfügung.«

In diesem Augenblick wurde sein Stuhl von hinten her heftig von einem anderen Stuhl angestoßen. Er drehte sich rasch um. »Mein Herr – Sie haben, denke ich, Raum genug.«

»Es scheint, nicht,« antwortete eine heisere Baßstimme, »wenn das Ihr Stuhl war, der da im Wege stand.«

»Er steht nicht Wege.«

»Erlauben Sie mir, das zu beurteilen.«

»Man pflegt sich in solchem Fall mindestens zu entschuldigen –«

»Wenn man etwas versehen hat, was man wieder gut machen will.«

Runge sprang auf. Seine Muskeln strafften sich. »So hätten Sie absichtlich –«

»Nehmen Sie meinetwegen an, es sollte Ihnen ein Wink gegeben werden, daß Sie sich des Mitredens zu enthalten hätten.«

»Mein Herr – das ist eine Unverschämtheit –!«

Auch der andere erhob sich und sah ihn herausfordernd an. »Nun –?«

Glauberg trat dazwischen. »Meine Herren, es ist hier doch nicht der Ort –« mahnte er. »Das Publikum wird schon aufmerksam.«

Arnold schob ihn mit zitternder Hand zurück. Seine Stirn war blutrot, und seine Augen sprühten Funken. »Nun –?« fragte er zurück.

»Wohin treibst du?« zischelte Glauberg ihm zu. »Du bist deiner nicht mehr Herr, Arnold.«

»Ich glaube deutlich genug gesprochen zu haben,« schnarrte der Baß, in dem er einen der schneidigsten Sueven von damals erkannte, »wenigstens für jemand, der nicht taub sein will.«

»Sie verdienen Ohrfeigen,« zischte Runge, »für eine so infame Verdächtigung.«

»Nehmen Sie sie meinerseits als empfangen an,« wurde höhnisch erwidert.

Runge wollte zuspringen, aber Glauberg riß ihn zurück. Zugleich trat der Dicke vor. »Mit wem haben wir's denn eigentlich zu thun?« fragte er.

»Ich denke, Sie kennen mich,« antwortete der Oberlehrer, »wie ich Sie kenne. Aber – hier ist meine Karte.« Er zog sie aus seiner Brieftasche. »Ich werde mich noch achtundvierzig Stunden in Berlin aufhalten.« Er nannte das Hotel, in dem er logierte.

Sein Gegner überreichte ihm nun ebenfalls eine Karte. »Die Wohnung ist darauf vermerkt.«

Auch der Dicke fügte die seine bei. Nun bezahlten die Freunde und entfernten sich.

Als sie auf die Straße kamen, fauchte Arnold Runge wütend: »Solche Bestien!«

»Das ist nicht übel,« sagte Glauberg, seinen Arm nehmend und den Laufschritt mäßigend. »Vor einer Stunde haben wir uns feierlich das Wort gegeben, uns nicht zu duellieren, und schon hast du dich in die Lage gebracht, fordern oder eine Forderung annehmen zu müssen.«

»Das gilt für diesen Fall nicht,« rief Arnold wild. »Es handelt sich da um eine alte Sache, die jetzt nur wieder aufgewärmt ist. Früher oder später mußte sie zum Austrag gebracht werden. Du wirst zugeben, ich habe mich sehr ruhig verhalten – ich bin in unerhörter Weise provoziert worden. Nenn's einen Temperamentsfehler, aber darauf die Ohren einzukneifen und den Mund zu halten, ist mir nicht gegeben.«

»Dürenholz wird sich wundern –«

»Ich schreibe ihm sofort. Ich glaube, er wird sich nicht wundern, wenn er hört, daß die Sueven – er müßte ja seine Studentenzeit völlig verleugnen, wenn er das nicht begriffe. An meiner Stelle hatte er ebenso gehandelt, ganz ebenso.«

»Wer weiß –«

»Ich sage dir, dies zählt nicht mit. Ah! mir ist wohl, daß ich's los bin. Es hat mich schon immer im Innersten gewurmt, daß wir vor elf Jahren nicht zum Schluß kamen. Basta! Ich kann doch auf dich rechnen?«

»Es ist nun einmal geschehen,« sagte Glauberg, »und nicht zu ändern. Daß ich meinen Bruder jetzt nicht im Stich lasse, versteht sich von selbst.«

Die kleine Stadt, in welcher Walther von Dürenholz sein Richteramt verwaltete, lag seitab von der großen Verkehrsstraße zwischen Ost und West, war aber doch durch eine Eisenbahn »angeschlossen« und seitdem entschieden im Aufblühen. Das Landgericht lag nur zwei Meilen entfernt und war selbst mit dem Bummelzuge in einer kleinen Stunde zu erreichen. Der Amtsrichter besuchte dort regelmäßig das Juristenkränzchen und beteiligte sich auch bei den Vorträgen, die von Zeit zu Zeit gehalten wurden. Er brauchte sich nicht auf seinem Posten verlassen zu fühlen, konnte in schwierigeren Rechtsfällen leicht einen Meinungsaustausch mit Kollegen herbeiführen. Da er mit Amtsgeschäften nicht übermäßig belastet war, blieb ihm Zeit zu wissenschaftlicher Arbeit, die er liebte, und zu geselligem Umgang, der allerdings mit einer gewissen Vorsicht gewählt werden mußte.

Viele von den Bürgern betrieben noch Ackerwirtschaft, allein als Nahrungszweig oder in Verbindung mit einem Handwerk. Die am Markt und in der Hauptstraße wohnenden Kaufleute hatten es meist nur zu sehr mäßigem Wohlstande gebracht, gehörten zwar der Kasinogesellschaft an, die ein Haus mit hübschem Garten am Flüßchen besaß und im Winter Bälle, Konzerte, Liebhabertheater und andere Vergnüglichkeiten veranstaltete, erhoben aber darüber hinaus nicht den Anspruch, in den geselligen Verkehr der Honoratioren gezogen zu werden, zu welchen die Offiziere eines im Städtchen garnisonierenden Bataillons, der Landrat, der oberste Steuerbeamte, die Geistlichen, der Kreisbaumeister, die Ärzte und Rechtsanwälte, ein paar Fabrikbesitzer, einige Pensionäre aus dem Militär- und höheren Beamtenstande, die den kleinen, aber hübschgelegenen Ort seiner Billigkeit wegen aufgesucht hatten, allenfalls auch der Bürgermeister und Apotheker gehörten, neben denen dann von auswärts die großen Gutsbesitzer der Umgegend und der Oberförster in Betracht kamen. Den Unverheirateten stand ein Mittagstisch in dem vornehmsten Gasthause zur Verfügung, das sich schon »Hotel« nennen durfte. Daran nahm auch der Amtsrichter teil, ohne sich durch die ständige oder ambulante Nachbarschaft einiger *dii minores* genieren zu lassen.

Dürenholz lebte vorsichtig zurückgezogen. Von den politischen Parteikämpfen, die natürlich auch hier, namentlich zu Mahlzeiten, mächtig auf- und abwogten, hielt er sich grundsätzlich fern, auch in kirchliche Streitigkeiten mischte er sich nicht. Er versteckte seine liberale Gesinnung keineswegs, wenn es darauf ankam, Farbe zu bekennen, zeigte sich aber nicht in Versammlungen und suchte auch nicht einmal Beziehung zu den Führern, die seine Ansichten vertraten. Der Herr Landrat und der Herr Superintendent wußten schon, daß von ihm keine Unterschrift für ihre Aufrufe zu erlangen war, wenn er auch bei patriotischen Festlichkeiten nie ausblieb. Er entschuldigte sich nach beiden Seiten hin damit, daß die richterliche Stellung ihm verbiete, rechts oder links als Parteimann thätig zu sein; man solle völlig überzeugt zu ihm aufs Gericht gehen, daß er ganz unbefangen und unbeeinflußt urteile, niemandem zuliebe noch zuleide. Dagegen war freilich nichts zu sagen, aber dieser hohe Standpunkt gefiel den Stützen des Staates und der Kirche doch wenig, und im stillen unter sich äußerten sie ihre argwöhnischen Bedenken, ob er nicht mehr gegen sie als gegen ihre demokratischen Widersacher eingenommen sei; in gewissem Sinne hätten sie gerade den Amtsrichter gern parteiverläßlich gewußt.

Sein eigener Schwiegerpapa, in dessen Hause er wöchentlich einige Abende verbringen durfte, war in dieser Hinsicht mit ihm nicht ganz zufrieden. Der Oberstleutnant Müller, obgleich wegen seiner Zurdispositionsstellung gegen einige hohe Militärs tief ergrimmt, ließ doch über seine konservative und streng kirchliche Gesinnung keinen Zweifel aufkommen. Er hatte bei der Artillerie gedient und stets als das Muster eines pflichttreuen, ganz in seinem Beruf aufgehenden Soldaten gegolten. Seinen untergebenen Offizieren war er ein recht unbequemer Vorgesetzter gewesen, den Mannschaften wendete er seine väterliche Sorge zu, wennschon er es auch an harten Besserungsstrafen nicht fehlen ließ. Als Hauptmann hatte er Vorzügliches geleistet und war bei jeder Truppenvorstellung belobt worden. Der Major beschäftigte sich vielleicht schon zu pedantisch mit dem Kleindienst. Er hatte als junger Offizier den Krieg mitgemacht, sich durch Tapferkeit ausgezeichnet und das eiserne Kreuz verdient; nun spornte ihn der militärische

Ehrgeiz, sich in eine hohe Stellung hinaufzubringen. Dabei versah er es durch zu großen Eifer. Als er der nächste zum Regimentskommandeur war, erhielt er zu seiner schmerzlichsten Überraschung den Abschied, in der gnädigsten Form freilich unter Verleihung eines sehr schönen Ordens, aber doch den Abschied. Er war überzeugt, daß der bürgerliche Name Müller und der Mangel an Vermögen ihn zu Fall gebracht hätten. Deshalb im Innersten verbittert, blieb es doch nun erst recht sein Bemühen, den strammen Soldaten herauszukehren, der dem Könige noch lange gute Dienste hätte leisten können. Er behielt die militärische Haltung bei, trug immer eine steife Halsbinde, den Rock mit dem Ordensbändchen hoch zugeknöpft, den grauen Bart am Kinn ausrasiert. Er las nur die Kreuzzeitung und das Militär-Wochenblatt, sprach über alle Tageserscheinungen, die seinen enggezogenen Gedankenkreis störten, schroff ab und gefiel sich in einem barschen, befehlshaberischen Tone, der angestoßen hätte, wenn man nicht seinem wie aus einem Guß geformten soldatischen Charakter kleine Ausschreitungen nachzusehen geneigt gewesen wäre.

Er hatte seine Frau durch den Tod verloren, als seine älteste Tochter Adelheid erst sechzehn Jahre zählte, und war Witwer geblieben. Zwei Söhne wurden im Kadettenhause erzogen, eine jüngere Tochter besuchte noch die Schule. Er hatte es nicht leicht, sich mit seiner Pension standesgemäß durchzubringen, und war in seinen Ausgaben pedantisch genau. Adelheid führte ihm die Wirtschaft und mußte über ihre Kasse am Schluß jedes Monats umständlich Rechnung legen; es gab ein Himmeldonnerwetter, wenn sie nicht auf den Pfennig stimmte. Es ging in seinem Hause etwas spartanisch zu, was nicht jedem behagte. Der Amtsrichter hatte ihm gleich nach seiner Anstellung eine Visite abgestattet und an Adelheid so viel Gefallen gefunden, daß er trotz der Verschiedenheit in mancherlei Lebensanschauungen gern das Gastrecht in Anspruch nahm. Das ebenso schöne als liebenswürdige Fräulein war damals einundzwanzig Jahre alt gewesen. Rasch hatte sich auf beiden Seiten eine tiefere Herzensneigung gefunden, die zu einem stillen Verlöbnis führte. Was die baldige Vereinigung hinderte, hatte der Amtsrichter schon den Freunden angedeutet.

Der Oberstleutnant konnte ein recht freundschaftliches Verhältnis zu seinem künftigen Schwiegersohn schwer finden. Gerade dessen beste Eigenschaften, den Sinn für ritterliche Unabhängigkeit, für wissenschaftliche Unparteilichkeit wußte er nicht zu schätzen; er machte ihm nicht genug aus seinem adeligen Namen, aus dem Reserveleutnant, er beschuldigte ihn gelegentlich, nicht genug Ehrgeiz zu besitzen; er stellte sich für ihn immer nicht genug in die erste Reihe, wo man gesehen werde. Das könne ja doch auf die allernobelste Weise geschehen!

Der Amtsrichter hörte dergleichen Reden geduldig an, ging aber seinen stillen Weg weiter. Auf Adelheids Zustimmung konnte er sich verlassen. Sie war ihrem Vater sehr unähnlich; es hieß, sie habe der Mutter Sanftmut, Seelenheiterkeit und geistiges Wesen geerbt. Fügte sie sich auch den Anordnungen des herrischen Vaters freundlich und willig, so teilte sie doch dessen Ansichten oft nicht, wußte sich aber mit ihrem Bräutigam immer einig, an dem sie mit schwärmerischer Verehrung hing. Sie bemühte sich oft mit Erfolg, stürmische Aufwallungen des alten Brausekopfs niederzuhalten oder wenigstens die aufgetriebenen Wogen rasch auszuglätten. So vermittelte sie zwischen ihm und der Gesellschaft; Walther erleichterte ihr gern die Aufgabe, ihn gegen sich in friedlicher Stimmung zu erhalten.

So erzählte er ihm auch von dem, was die Freunde beraten und beschlossen hatten, nichts. Er meinte, sich allezeit so verhalten zu können, daß er nie in die Lage kommen dürfte, seine Grundsätze bethätigen zu müssen.

Als er Runges Brief las, zog ein sarkastisches Lächeln um seine Lippen. Er schloß ihn mit einem sehr bezeichnenden Achselzucken. Kurz darauf erhielt er auch ein Schreiben Glaubergs. Das Duell sei für den Freund glücklich verlaufen, der Gegner habe eine Kugel in die rechte Schulter bekommen – nichts Lebensgefährliches. Er hielt es für seine Pflicht, Runge zu entschuldigen, der wirklich schwer gereizt worden sei. Es müsse ein unglücklicher Zufall genannt werden, daß man gerade mit diesen Leuten zusammengetroffen wäre. Dürenholz konnte sich zu einer Gratulation nicht entschließen. *Habeat sibi!* brummte er in sich hinein. Er ahnte nicht, was ihm selbst bevorstand.

In der folgenden Woche schon hatte er eine Schöffensitzung. Unter den Fällen, die zur Verhandlung kommen sollten, war auch einer, der einige Meilen in der Runde ein gewisses Aussehen erregt hatte, weil einer der reichsten und vornehmsten Großgrundbesitzer beteiligt war. Der Graf Stieren, ein sehr cholerischer Herr, hatte mit seinem Förster Altmann einen Konflikt gehabt, weil dieser sich nicht ehrerbietig genug gegen ihn benommen, und ihn infolgedessen nicht nur sofort seiner Stelle entsetzt, sondern auch mit Weib und Kind aus dem Försterhause austreiben lassen. Altmann behauptete, daß ihm unrecht geschehen sei und mindestens die Kündigungsfrist hätte abgewartet werden müssen. Als man ihn bei Gericht belehrte, daß er auf eine Entschädigungsforderung angewiesen sei, sollte er im Schloß, wo man ihn nicht zu dem gnädigen Herrn ließ, Drohungen ausgestoßen haben. Endlich hatte er nur seine Sachen aus dem verschlossenen Försterhause herausverlangt und es dann, da man ihm die Schlüssel, verweigerte, mit Gewalt geöffnet. Deshalb war er angeklagt.

In der Gesellschaft ward viel darüber herumgestritten, ob die plötzliche Entlassung gerechtfertigt gewesen sei. Der Graf erfreute sich nicht großer Beliebtheit, und es gab auch unter seinen Nachbarn auf dem Lande einige, die sein rasches Verfahren mißbilligten. Für den Juristen lag der Fall sehr einfach.

Es wurde noch eine andere Sache verhandelt, als der Graf, der als Zeuge geladen war, in einem mit vier Trakehnern bespannten hochräderigen Jagdwagen angefahren kam und vor dem Gerichtsgebäude abstieg. Er trat, von einem Livreediener gefolgt, sogleich in das Sitzungszimmer ein, schritt auf den für die Richter bestimmten erhöhten Raum zu, grüßte vornehm und sagte, das Plaidoyer des Amtsanwalts unterbrechend, in burschikosem Ton: »Ich melde mich, Herr Amtsrichter. Graf Stieren – bin ja wohl bekannt.«

»Ich habe die Ehre,« antwortete Dürenholz nicht unfreundlich, aber etwas förmlich; »Sie werden sich aber noch etwas gedulden müssen, Herr Graf. Wir sind eben in der Verhandlung einer Sache begriffen, wie Sie bemerken, und es steht dann vor der Ihrigen noch eine andere an.«

»Ah! Können Sie denn die gegen Altmann nicht vorziehen?« fragte der Graf. »Ich habe wenig Zeit.«

»Das geht nicht an,« bedeutete ihn der Amtsrichter, »die Reihenfolge des Terminzettels muß eingehalten werden.«

»So, so!« Der Graf zog seine Uhr. »Ich komme aber nur fünf Minuten zu früh.«

»Die Stunde läßt sich nicht so genau einhalten.«

»Die Geschichte wird aber doch nicht lange dauern? Muß ich mein Fuhrwerk ausspannen lassen?«

»Das bin ich außer stande, im voraus zu beurteilen. Es ist aber wahrscheinlich, daß wir nicht ganz so schnell fertig werden, als Sie vorauszusetzen scheinen.«

Der Graf zögerte. »Es ist doch aber alles klipp und klar. Ich begreife überhaupt nicht –«

»Ich kann mich auf eine Erörterung hierüber nicht einlassen,« unterbrach Dürenholz ungeduldig. »Haben Sie nur die Güte, sich in den Zeugenraum zu begeben und dort den Aufruf der Sache abzuwarten.«

Der Graf blieb stehen und machte Bewegungen mit seinem Hut. »So, so – hm! Sagen Sie einmal, lieber Herr Amtsrichter – hm! Haben Sie denn nicht ein anständiges Zimmer für unsereinen?«

Dürenholz mißfiel diese Frage ebenso wie der Ton, in dem sie gestellt war. Die Schöffen wurden schon unruhig, und auch der Amtsanwalt rückte auf seinem Sessel hin und her. Er hielt aber an sich und entgegnete nur ernst: »Ich bedaure, für Zeugen, denen der allgemeine Warteraum nicht anständig erscheint, ein anderes Zimmer nicht zur Verfügung zu haben.«

»So, so,« knurrte der Graf ärgerlich. »Aber Sie werden doch zugeben, Verehrtester –«

»Ich muß jetzt wirklich bitten, die Verhandlung nicht weiter zu stören,« fiel der Amtsrichter ein. »Wollen Sie die Freundlichkeit haben –« Er verneigte sich zum Zeichen, daß er das Gespräch beendigt wünsche.

»Schon gut, schon gut,« sagte der Graf, den Kopf aufwerfend, »bitte, mich nicht hinauszuweisen.«

Er drehte sich kurz um und gab, während er der Thür zuschritt, dem Diener laut Befehle wegen des Fuhrwerks. Dann verschwand er.

Die anstehende Sache war rasch beendigt, die folgende hielt nicht lange auf. Dann betrat der Förster Altmann die Anklagebank.

Er erschien in seinem grünen Rock, den ein paar Kriegsdenkmünzen schmückten, und war sichtlich sehr aufgeregt, unterbrach öfter die Vorlesung der Anklage, so daß er scharf zur Ruhe verwiesen werden mußte, und sprach dann von dem himmelschreienden Unrecht, das ihm geschehen sei. Er habe Zeugen mitgebracht, die bekunden würden, daß er zu seiner Entlassung keinen Grund gegeben habe, dagegen von dem Herrn Grafen geschimpft und sogar mißhandelt sei. Er hatte auch einen Verteidiger angenommen, der nun bestimmte Anträge formulierte und begründete.

Dürenholz sah schon als gewiß an, daß eine sehr erregte Verhandlung bevorstand. Wie stets in solchem Fall ermahnte er sich zu besonderer Aufmerksamkeit auf sein Verhalten. Er pflegte dann mit peinlichstem Feingefühl seiner richterlichen Würde eingedenk zu bleiben.

Graf Stieren wurde hereingerufen. Der Vorsitzende wies ihn auf die Zeugenpflicht hin, unter dem Eide die volle Wahrheit zu sagen, und bat ihn, die rechte Hand aufzuheben und ihm die Formel nachzusprechen. Alle Anwesenden erhoben sich zu dieser feierlichen Handlung von ihren Sitzen.

Der Graf zog unwillig den Handschuh ab. »Es ist doch ein starkes Stück,« sagte er dabei, »daß ich eines solchen Schlingels wegen überhaupt einen Eid leisten muß.«

Es entstand eine allgemeine Bewegung. Altmann zuckte in den Schultern und ließ die Hand klappend auf die Barriere fallen. Der Amtsrichter gab ihm ein Zeichen zu schweigen. »Herr Graf,« sagte er, sich hoch aufrichtend, »ich muß Sie dringend ersuchen, sich aller beleidigenden Äußerungen zu enthalten.«

»Ach – gegen so einen, der auf der Anklagebank sitzt –« bemerkte der Graf verächtlich.

»Er ist noch nicht verurteilt,« berichtigte der Vorsitzende streng, »und auch abgesehen davon –«

»Schon gut,« unterbrach ihn der Graf, den Handschuh auf den Tisch werfend. »Also wenn's denn beliebt ... Ich, Graf Sigismund Tassilo Stieren, neununddreißig Jahre alt, evangelischer Konfession, schwöre bei Gott dem Allmächtigen und – und ... Weiter, wenn ich bitten darf.«

Der Amtsrichter nahm das Barett ab und setzte sich. »Sie scheinen so gereizt zu sein,« sagte er, »daß ich es nicht verantworten kann, Sie vor Ihrer Vernehmung zu vereidigen.«

»Aber – aber – ich wüßte nicht ...«

»Machen Sie nun Ihre Aussage.«

Der Graf mußte sich fügen. »Es kommt ja wohl auf nichts weiter an,« sagte er, »als daß ich den Befehl gegeben habe, die Försterwohnung zu verschließen und dem unverschämten Menschen – pardon! dem p. Altmann die Sachen nicht herauszugeben, an denen ich mich gepfändet hatte. Daß er die Thüren erbrochen hat, wird er nicht frech genug sein zu bestreiten.«

Der Verteidiger war durchaus anderer Ansicht. Es interessiere zu wissen, aus welchem Grunde der Angeklagte Knall und Fall entlassen sei, und welches Recht der Dienstherr gehabt habe, ihm sein Eigentum vorzuenthalten.

Das wollte der Graf nicht gelten lassen. Er habe über seine Handlungen niemand Rechenschaft zu geben und sei ja noch in der Lage, zahlen zu können, was er etwa schuldig sei; die Gewaltthat bleibe unter allen Umständen strafbar.

Der Amtsrichter entschied, es könne doch unter Umständen für das Strafmaß von Bedeutung sein, was sich vorher zugetragen habe. Der Herr Zeuge wolle sich daher auch über den Entlassungsgrund erklären.

Nun gab der Graf einen offenbar stark gefärbten Bericht, immer in nachlässigem Ton, als thue er mit jedem Wort dem Richter eine Gnade an. Der Verteidiger bestritt und berief sich auf die Zeugen des Angeklagten. Der Gerichtshof beschloß, sie zu hören.

Sie wurden einzeln hereingerufen und vernommen. Ihre Aussage bestätigte die Behauptungen des Försters in allen Punkten.

»Es hat ja leibhaftig den Anschein,« rief der Graf feuerrot, »als ob ich hier der Angeklagte bin.«

»Wollen Sie nun Ihre Aussage aufrecht halten?« fragte ihn der Vorsitzende.

»Natürlich!« schrie der Graf ihn an. »Das ist alles erstunken und erlogen.«

»Ich verbitte mir ernstlich solche Ausdrücke,« erklärte Dürenholz, um dem Verteidiger zuvorzukommen, der sich schon zu einer scharfen Entgegnung rüstete. »Der Herr Zeuge hat nicht das Recht, andere Zeugen zu beleidigen.«

»Diese infamen Kerle –« entrüstete der Graf sich weiter. »Ich werde beweisen, daß sie Wilddiebe sind und mit dem fortgejagten Förster unter einer Decke gesteckt haben.«

»Das sollen Sie beweisen – das sollen Sie beweisen!« riefen ihm die Zeugen und der Angeklagte entgegen.

Der Amtsrichter schlug ein Gesetzbuch auf und las daraus einen Paragraphen vor, nach welchem das Gericht Zeugen, die sich einer Ungebühr schuldig machen, eine Ordnungsstrafe bis hundert Mark oder drei Tage Haft auflegen könne.

»Merkt euch das!« rief der Graf den Gegenzeugen zu.

»Es ist auch für Sie gesagt, Herr Zeuge!«

»Ich danke.« Er verneigte sich auffallend tief.

Der Amtsrichter war bleich wie die weiße Schleife, deren Zipfel sich über den schwarzen Sammet der Robe legten; die Narben auf Wange und Stirn zeichneten sich rot ab. »Ich sehe mich genötigt, den Herrn Zeugen darauf aufmerksam zu machen,« sagte er mit leiser, aber bei der herrschenden Stille scharf durchdringender Stimme, »daß sein Benehmen vor Gericht nicht das eines gebildeten Mannes würdige ist.«

Der Graf warf den Kopf zurück. »Ich kann keine Belehrung darüber annehmen, wie ich mein Benehmen einzurichten habe,« antwortete er, »– von niemand!«

»Der Herr Zeuge wolle nun schweigen,« rief der Richter unwillig.

»Ach – der Herr Zeuge, der Herr Zeuge!« spöttelte der Graf mit blitzenden Augen. »Für den Herrn von Dürenholz bin ich allemal der Herr Graf Stieren.«

Der Amtsrichter glaubte an der äußersten Grenze der Nachsicht angelangt zu sein. Er blickte seitwärts zum Amtsanwalt hinüber. »Herr Amtsanwalt –«

Der kleine Herr erhob sich. »Ich muß zu meinem Bedauern dem Gerichtshof anheimstellen, den Herrn Grafen Stieren in eine Ordnungsstrafe zu nehmen,« äußerte er stotternd.

Dürenholz gab den Schöffen einen Wink und trat mit ihnen ab. Nach einer kleinen Weile traten sie wieder ein. »Das Gericht nimmt den Zeugen, Grafen Stieren, in eine Ungebührstrafe von sechzig Mark,« publizierte er.

»Bravo!« erscholl es hinter der Barriere.

»Ich werde auf der Stelle den Zuschauerraum räumen lassen, wenn eine solche Ungehörigkeit sich wiederholt,« rief der Richter mit strenger Stimme hinüber.

Der Graf faßte in die Tasche, zog drei Goldstücke heraus und warf sie auf den Tisch.

»Soviel kostet's also, wenn man sich eine standesgemäße Behandlung ausbittet. Das weitere wird sich finden.«

»Ich werde den Herrn Zeugen jetzt vereidigen,« bestimmte der Richter.

»Ich verweigere mein Zeugnis,« rief der Graf.

»Weshalb?«

»Weil man mich beschuldigt – weil, weil, weil es darauf angelegt scheint, mich meineidig zu machen. Ich werde nicht schwören!« Er verließ sehr aufgeregt das Zimmer.

Die Sache war nun bald beendigt. Das Gericht schenkte den beeideten Zeugen Glauben. Der Förster wurde zu der niedrigsten gesetzlichen Strafe verurteilt. Die Sitzung nahm ihren Fortgang. –

Als Dürenholz am Abend seine Braut besuchte, war er vielleicht etwas ernster als gewöhnlich, gab ihr aber nicht einmal zu der Frage Anlaß, ob ihm etwas Verdrießliches begegnet sei.

Kurz vor dem Essen kam der Oberstleutnant von seiner Skatpartie nach Hause. Er hatte kaum dem Gast die Hand gereicht, als er schon losbrach: »Aber was haben Sie denn heute mit dem Grafen Stieren vorgehabt? Die ganze Stadt ist ja davon voll.«

»Ich dachte es wohl,« sagte Dürenholz, »daß der Vorfall in gewissen Kreisen unliebsames Aufsehen erregen werde.«

»Was? was? In gewissen Kreisen?«

»In denen man es schwer begreift, daß ein reicher Graf, wenn er sich vor Gericht ungebührlich aufführt, wie ein gewöhnlicher Sterblicher zur Ordnung gerufen wird.«

»Aber es ist doch wirklich ein Unterschied –«

»Ich bin so lange als irgend möglich schonend verfahren und habe keine schuldige Rücksicht außer acht gelassen.«

»Es heißt, Sie hätten ihm die Thür gewiesen.«

»Ich habe ihn nur ersucht, sich zu entfernen, als er lästig wurde.«

»Sie hätten ihn fortwährend höhnisch ›Herr Zeuge‹ tituliert.«

»Höhnisch? Gewiß nicht.«

»Und endlich hätten Sie ihm vorgeworfen, er benehme sich wie ein ungebildeter Mensch. Das ist doch –«

»Erzählt man sich's so? Dafür kann ich nicht.«

»Schon daß Sie jemand aus der vornehmsten Gesellschaft in eine Ungebührstrafe genommen haben ... Sie mögen ja im Recht gewesen sein, ich zweifle nicht – aber ...«

»Lieber Papa,« sagte Dürenholz lächelnd, »das sind Gerichtssachen, die ich an anderer Stelle zu verantworten habe. Sie sollten mich genügend kennen, um zu wissen, daß ich in der Robe kein Bramarbas bin. Hoffentlich haben Sie den Herren zu verstehen gegeben, daß Sie nicht alles glauben, was Ärger und Schadenfreude herumtragen.«

»Gewiß, gewiß! Aber es ist doch sehr fatal –«

»Das kann ich ohne weiteres zugeben.«

»Und der Graf darf's ja gar nicht auf sich sitzen lassen.«

»Er hat Rechtsmittel. Aber ich glaube, er wird sich besinnen, sie anzuwenden.«

»Rechtsmittel – pah! Sie sprechen wie ein Jurist.« Er bemerkte, daß seine Tochter unruhig wurde und suchte auszuweichen. »Na – wird sich ja wieder verständig zurechtschieben. Setzen wir uns zu Tisch. Von etwas anderem!«

Als der alte Herr später seine Zeitung las, fand Adelheid Gelegenheit, ihren Bräutigam zu befragen. Es war nicht seine Art, über etwas, das sein Amt betraf, im Familienkreise zu sprechen; da er sie aber besorgt sah, erzählte er ihr einfach, was geschehen sei. »Es wäre gar nicht der Rede wert,« fügte er hinzu, »wenn nicht die beteiligte Persönlichkeit die Blicke auf sich lenkte.«

»Gerade deshalb aber wirst du Unannehmlichkeiten haben, Liebster,« sagte sie. »Diese Menschen fühlen sich in ihrer Ausnahmestellung und verzeihen so etwas nicht.«

»Es kann sein,« antwortete er, »aber die Pflicht über alles. Ich bin mir bewußt, nichts versäumt zu haben, was einem Konflikt vorbeugen konnte, und nicht weiter gegangen zu sein, als das Amt es unbedingt erforderte. Daher bin ich ganz ruhig.«

Adelheid drückte seine Hand.

»Sei vorsichtig, Walther!«

»Gewiß,« sagte er, »du hast nichts zu befürchten.«

Am nächsten Morgen vor der Zeit, in welcher Dürenholz aufs Gericht zu gehen pflegte, ließ sich in seiner Wohnung Herr Premier-Leutnant von Encke-Siebenstern melden und wurde willkommen geheißen.

Herr von Encke war einer der liebenswürdigsten und beliebtesten Offiziere der Garnison, bei allen gesellschaftlichen Vergnüglichkeiten an der Spitze, den Damen ein unentbehrlicher Ratgeber in Tanzangelegenheiten, den Herren am Spieltisch und bei Jagden stets erwünscht, heiter und doch gesetzt, sehr belesen, ein vorzüglicher Plauderer, aber keinem ernsten Gespräch ausweichend. Dürenholz hatte ihn sehr gern.

»Sie können sich ungefähr denken, weshalb ich zu Ihnen komme,« begann der Leutnant, nachdem sie einander die Hände geschüttelt und Platz genommen hatten. »Graf Stieren, mit dem Sie ja gestern etwas vorgehabt haben, hat mich um die Vermittelung ersucht, und ich habe mich bereit erklärt, weil ich Sie hochschätze und der vielleicht unbescheidenen Meinung bin, daß ich besser als ein anderer Mittel und Wege finde, die leidige Sache zu beider Teile Frommen zu applanieren.«

»Kein Vermittler könnte mir genehmer sein,« antwortete Dürenholz, ihm nochmals die Hand reichend; »ich muß jedoch von vornherein bemerken, daß ich persönlich mit dem Herrn Grafen Stieren gar nichts vorgehabt habe, um mir Ihren Ausdruck anzueignen.«

»Nu – wir wollen uns nicht auf Worte steifen,« sagte Herr von Encke lächelnd. »Allerdings steckten Sie ja in der Amtsrobe und hatten es als Richter mit der Vernehmung eines Zeugen zu thun. Aber der Richter war Herr von Dürenholz und der Zeuge Herr Graf Stieren. Da wird sich das Persönliche von dem Geschäftlichen nicht ganz loslösen lassen. Wenigstens empfindet der Herr Graf so.«

»Er kann doch unmöglich der Meinung sein,« rief Dürenholz, »daß ich gegen seine Person irgendwie voreingenommen gewesen bin, oder mein Amt mißbraucht habe, ihm eine Kränkung zuzufügen.«

»So weit geht er durchaus nicht,« versicherte Herr von Encke; »dafür würde ja auch jeder Schatten eines Verdachts fehlen. Er meint nur, er sei nun doch einmal auch als Zeuge in einer Gerichtsverhandlung der Graf Stieren und dürfe erwarten, vor dem Publikum nicht bloßgestellt zu werden.«

»Wenn er aber selbst –«

»Ja, ja! Ganz unter uns, mein bester Herr von Dürenholz, ich glaube gern, daß der Graf sich stark verlaufen hat. Nach dem, was ich aus seinem eigenen Munde weiß … Und ich kenne ja auch seine leichte Erregbarkeit und polternde Manier. Etwas Schlimmes hat er sich dabei sicher nicht gedacht. Er ist nun einmal so. Sie müssen doch auch zugeben, daß es nicht gerade ein Vergnügen ist, vor Gericht als Zeuge erscheinen zu müssen und mit Krethi und Plethi zusammengeworfen zu werden. Dazu kam, daß ihn der Mensch, der Förster, schwer geärgert hatte. Es läßt sich ja das im einzelnen gar nicht nachweisen. Alle die kleinen Verdrießlichkeiten und Unpünktlichkeiten und Dienstvernachlässigungen jeder Art und dummen Antworten … darüber führt doch niemand Buch. Zuletzt ist aber der Zündstoff so aufgehäuft, daß der Schuß von selbst losgeht. Dann knallt's, und dafür sind Zeugen da. Der Graf war der Ansicht – der sicher unrichtigen Ansicht –, daß diese Dinge gar nicht verhandelt werden dürften, leicht abgeschnitten werden könnten, daß er als Dienstherr die Vermutung für sich haben müsse, den Umständen gemäß richtig eingeschritten zu sein. Das erklärt seine große Erregtheit, die ihn vielleicht zu sonst unverständlichen Ausschreitungen führte. Ich denke, das ist zu verzeihen.«

»Ich bin auch keinen Augenblick versucht gewesen, die Absicht einer persönlichen Kränkung oder Mißachtung des Gerichts anzunehmen,« entgegnete Dürenholz, »und kann den Herrn Grafen versichern lassen, daß ich ihm nicht das mindeste nachtrage. Ich bin nur in der sehr unerfreulichen Lage gewesen, ein gesetzliches Mittel anwenden zu müssen, um eine die Würde des Gerichts verletzende Ungehörigkeit zu rügen. Der Herr Graf hat die kleine Ordnungsstrafe gezahlt, die durchaus nichts Ehrenrühriges hat, und damit ist der Zwischenfall erledigt.«

Der Leutnant hob die Schultern. »Ich weiß doch nicht. Auch wenn Sie als Richter ganz korrekt gehandelt haben – was ich vorläufig gar nicht bestreite –, so haben Sie nach unserer Auffassung doch immer *nur korrekt* gehandelt. Es kann sein, daß Ihrer Amtsthätigkeit nichts vorzuwerfen ist; bestehen bleibt doch aber immer, daß der Graf Stieren in eine Strafe wegen Ungebühr genommen ist und nun in hundert Zeitungen wird lesen können, wie schwer er sich vergangen hat. Denn das druckt die eine der anderen, wie Sie sich denken können, mit Wonne nach, und es wird sogar an fulminanten Leitartikeln nicht fehlen mit dem Refrain: so hält sich ein Junker für berechtigt, den Anstand vor Gericht zu verletzen, aber – es giebt noch Richter! Gleichheit vor dem Gesetz ist in solchem Fall ein Unding. Wenn Sie das bedacht hätten – was im Augenblick schwierig gewesen sein mag –, vielleicht hätten Sie als der Kavalier, der doch immer im Richter steckte, eine andere Form der Abwehr gefunden. Ich wende mich an den Kavalier, bei dem ich das Verständnis dafür voraussetzen darf, daß hier eine Sühne durchaus erforderlich ist.«

»Und wie stellen Sie sich die vor?« fragte Dürenholz nach kurzem Nachdenken. »Ich bin gern bereit, vor Zeugen oder in einem Schreiben an Sie mein Bedauern über den Vorfall auszudrücken und die Versicherung abzugeben, daß mir jede Absicht persönlicher Kränkung ferngelegen hat.«

»Das wird doch nicht genügen,« entgegnete Herr von Encke. »Graf Stieren fordert eine Art von – von Entschuldigung –«

»Entschuldigung?«

»Über die Form wird man sich einigen können. Die Hauptsache ist ein öffentliches Anerkenntnis, daß Sie geirrt haben, als Sie annahmen, der Graf habe die Würde des Gerichts verletzen wollen, und daß Sie in der vermeintlich schuldigen Wahrung derselben mit Rücksicht auf die beteiligte Persönlichkeit etwas zu weit gegangen sind.«

»Das heißt, ich soll öffentlich anerkennen, ein untauglicher und ungerechter Richter gewesen zu sein,« rief Dürenholz entrüstet.

»Einer solchen Auslegung würde durch die Form der Erklärung vorgebeugt werden können,« meinte der Leutnant.

»Nimmermehr! Ich habe nichts zu entschuldigen und werde nichts entschuldigen. Ich wäre ein pflichtvergessener Richter, wenn ich das Rechtsgefühl verleugnete, das mich bei meiner amtlichen Thätigkeit geleitet hat.«

Herr von Encke gab sich alle Mühe, ihn zu überzeugen, daß der Richter gar nicht betroffen werde, was ja durch eine Gegenerklärung des Grafen auch ausdrücklich festgestellt werden könne. Da ihm dies nicht gelang, sagte er endlich: »Unter solchen Umständen bedaure ich, Ihnen mitteilen zu müssen, daß Graf Stieren auf einer entschuldigenden Erklärung besteht, und daß ich, wenn sie in irgend einer Form verweigert wird, nicht mehr in der Lage sein werde, vermittelnd einzugreifen.«

»Sie ist verweigert,« erwiderte der Amtsrichter mit Entschiedenheit.

»So bin ich beauftragt, Ihnen eine Pistolenforderung zu überbringen, und ersuche Sie, mir Ihren Sekundanten zuzuschicken.«

Dürenholz stand auf und ging ein paarmal im Zimmer auf und ab. Er hatte diesen Ausgang schon erwartet, wollte nun aber nicht ohne reifliche Erwägung das letzte Wort sprechen. »Und wenn ich die Forderung nicht annehme?« fragte er dann.

»Herr von Dürenholz, das ist unmöglich,« antwortete der Leutnant im Tone vollster Überzeugung.

»Ich werde sie nicht annehmen,« sagte der Amtsrichter, sich wieder setzend, mit großer Ruhe.

»Aber aus welchem Grunde in aller Welt?«

»Ich hoffe, der eine wird Ihnen genügen, daß ich lediglich in amtlicher Eigenschaft gehandelt habe und es im staatlichen Interesse nicht für zulässig erachten kann, meine amtlichen Handlungen dem Betroffenen gegenüber mit der Pistole in der Hand zu vertreten. Alle staatliche Ordnung müßte zu Grunde gehen, wenn dies Sitte würde.«

»Aber in einem so außerordentlichen Fall, in dem die Ehre und das gesellschaftliche Ansehen eines vornehmen Mannes geschädigt ist, der sich nur durch ein Duell herstellen kann –«

»Ich werde nicht zugeben, daß der Fall ein außerordentlicher ist – und auch dann könnte ich jenem Grundsatz nicht untreu werden.«

Nun erhob sich der Leutnant. »Ich sehe meine Mission dann mit schwerem Herzen als beendigt an,« sagte er. »Sie geben sich wohl darüber keiner Täuschung hin, daß die Meinungen über Ihre Ablehnung sehr geteilt sein werden. Sie sind von Adel und Offizier.«

»Ich bin Richter.«

Herr von Encke verneigte sich und ging, ohne ihm die Hand gereicht zu haben.

Graf Stieren hatte das lebhafteste Interesse, es bekannt werden zu lassen, daß er den Amtsrichter von Dürenholz auf Pistolen gefordert, und dieser das Duell aus dem Grunde abgelehnt habe, weil er »als Richter beleidigte«. Zugleich reichte er – nicht beim Landgerichtspräsidenten, sondern natürlich gleich beim Justizminister – eine fulminante Beschwerde ein, und betonte darin, daß er auf diesen Weg gewiesen sei, da ihm der Edelmann Genugthuung verweigere, indem er sich hinter den Amtsrichter verstecke. Die Sache mußte nach Möglichkeit an die große Glocke gehängt werden.

Es konnte nicht ausbleiben, daß auch der Oberstleutnant erfuhr, was sich ereignet hatte. Es war genau das gewesen, was er voraussah. Wenn er sich in die Lage des Grafen versetzte, so verstand sich die Forderung ganz von selbst. Das eben hatte ihn beunruhigt, wenn er an seine Tochter dachte, denn der Ausgang des Duells blieb zweifelhaft.

Daß Dürenholz die Forderung ablehnen könne, war ihm vorerst gar nicht in den Sinn gekommen. Nun gab freilich der Grund zu denken. Er war ihm nicht sympathisch, aber er konnte ihn auch nicht ohne weiteres verwerfen. So ließ er sich's denn vor allem angelegen sein, die Gesellschaft, in der er sich bewegte, zu überzeugen, daß nur dieser Grund und kein anderer maßgebend sei. Die Schmisse auf dem Gesicht seines Schwiegersohns redeten eine deutliche Sprache. Der Student, der sich furchtlos so und so oft auf die Mensur gestellt habe, erschrecke auch vor dem Lauf einer Pistole nicht.

Dabei hielt er es doch für nötig, mit Adelheid ein Wort im geheimen zu sprechen. »Dürenholz hat das Steuer verloren,« sagte er ihr, »und treibt, wahrscheinlich ohne es zu wissen, einer verhängnisvollen Klippe entgegen. Ich bin sehr besorgt um ihn – und um dich. Du solltest ihn zu bewegen suchen, das Duell anzunehmen!«

»Vater –!« rief Adelheid entsetzt. »Ich? Seine Braut?«

»Liebes Kind, es wäre sehr thöricht, wenn du nur an die Gefahr für sein Leben denken solltest, die übrigens nicht einmal ungewöhnlich groß scheint. Dem Grafen kommt es wesentlich darauf an, mit Dürenholz Kugeln wechseln zu können. Blutgierig ist er sicher nicht. Wenn also nicht ein unglücklicher Zufall...«

»Aber wie könnte ich's verantworten, ihn dem preiszugeben, zumal ich ganz auf seiner Seite bin? Und ich würde auch vergeblich versuchen, ihn umzustimmen: er steht fest auf seinem Standpunkt.«

Der Oberstleutnant hielt diesen doch nicht für unerschütterlich. Er sprach selbst mit seinem Schwiegersohn unter vier Augen. »Ihr Verfahren mag auch jetzt korrekt sein,« bemerkte er ihm, »aber es ist unklug. Ihr Weigerungsgrund scheint an sich unanfechtbar, und doch läßt man ihn eben nur gelten, weil er ein Prinzip ausspricht, gegen das man sich sehr erklärlich zu opponieren scheut. Man tadelt Sie nicht, aber man würde es löblicher gefunden haben, wenn Sie diesmal ganz davon abgesehen hätten. Ihr Standpunkt ist ein idealer; aber die Gesellschaft hat praktische Bedürfnisse, und es hat seine schweren Bedenken, sie zu ignorieren. Schicken Sie mich zu Herrn von Encke oder zum Grafen: ich werde noch alles in Ordnung bringen, obschon der richtige Moment verpatzt ist.«

Dürenholz dankte ihm für seine väterliche Sorge. Für das, was er ihm rate, sei es aber wirklich zu spät. Er meine auch jetzt noch, im Recht zu sein. »Wenn Sie als Kommandeur Ihrer Truppe einen Offizier mit einem scharfen Wort getadelt und darauf von ihm eine Herausforderung erhalten hätten,« fragte er, »was würden Sie gethan haben?«

Der Fall stehe nicht ganz gleich, wendete der Alte ein; der Offizier sei ein Untergebner und habe auch nach seiner Dienstvorschrift zu handeln. »Ich würde mir trotzdem meinen Mann vielleicht doch angesehen haben,« fuhr er fort. »Das aber weiß ich ganz genau, was ich gethan hätte, wenn ich von einem Vorgesetzten vor der Front beleidigt worden wäre: ich hätte meinen Abschied genommen und ihn dann vor die Pistole gefordert. Es giebt Leute, die im Ehrenpunkt sehr kitzlig sind, und es fehlt ihnen nie die Möglichkeit, ihr Stück durchzusetzen.«

»Wenn sie einen nachgiebigen Gegner finden,« antwortete Dürenholz.

»Mein lieber junger Freund,« sagte der Oberstleutnant sehr ernst, »ich verkenne nicht, daß Sie sich in schwieriger Lage befinden. Es wäre mir unlieb, wenn etwas geschehen sollte, was mich selbst nötigte, zu der Sache Stellung zu nehmen.« –

Wenige Tage darauf fand im Kasino ein »gemütlicher Familienabend« statt. Es wurde da konzertiert, getanzt, gespielt und gemeinsam gegessen. Es gab ein Rauchzimmer für ältere Herren, in dem aber auch jüngere gern verkehrten. Frack und weiße Binde waren ausgeschlossen.

Der Oberstleutnant nahm teil. Der Amtsrichter hatte seine Braut hingeführt und hielt sich meist in ihrer Nähe auf. Als er in einer Tanzpause das Rauchzimmer betrat, um sich an einer Zigarre und einem Glase Bier zu erfrischen, sah er mitten im Raume den Grafen Stieren stehen. Er mußte zu Pferde nach der Stadt gekommen sein, denn er hielt noch die Reitgerte in der Hand.

Dürenholz bedachte einen Augenblick, ob er ihm aus dem Wege gehen solle. Aber er war sicher schon bemerkt worden, und die Umkehr würde ihm auch von den Freunden übel ausgelegt sein. Eine Begegnung schien ja doch über kurz oder lang unvermeidlich. Er ging also ohne Zögern auf den Grafen zu, verneigte sich sehr höflich und bot ihm die Hand.

»Ah – Herr Graf,« sprach er ihn zugleich in heiterem Tone an, »es freut mich, Ihnen hier auf neutralem Boden sagen zu können, wie fatal mir neulich unser Rencontre auf dem Gericht gewesen ist. Hoffentlich haben Sie sich überzeugt, daß Sie es da nur mit dem Mann in der Amtsrobe zu thun hatten.«

Der Graf nahm seine Hand nicht an und maß ihn mit funkelnden Blicken. »Bedeutet das nun die verlangte Entschuldigung?« fragte er laut, so daß sich die Aufmerksamkeit der Anwesenden auf ihn hätte richten müssen, wenn das nicht ohnehin geschehen wäre.

»Wie kann da von einer Entschuldigung die Rede sein!« antwortete Dürenholz ohne Verlegenheit. »Sie ereiferten sich ein wenig über das Maß, und ich that, was ich meinem Amte schuldig zu sein glaubte. Es versteht sich ja von selbst, daß keiner den anderen verletzen wollte. Wenn es aber auch noch ausdrücklich gesagt sein soll, so halte ich nicht mit der Versicherung zurück, daß meine Hochachtung für Ihre Person sich in keiner Weise geändert hat. Ich glaube, daß wir uns danach so freundschaftlich wie bisher die Hand reichen können.«

Der Graf fuhr mit dem Knebel unter seinem blonden Schnurrbart hin. »So, so!« schnarrte er, »also keine Entschuldigung. Darf ich Sie bitten, mit mir einen Augenblick dort in die Ecke zu treten? Ich habe Ihnen eine Frage vorzulegen.«

»Ich stehe zu Befehl,« sagte Dürenholz und begleitete ihn.

»Sie haben meine Forderung nicht angenommen,« begann der Graf, sich ihm gegenüberstellend.

»Sie kennen den Grund.«

»Ich lasse ihn nicht gelten.«

»Das bedaure ich, Herr Graf.«

»Ich erkläre Sie für eine feige Memme, wenn Sie sich weigern, mir gerecht zu werden.«

Der Amtsrichter entfärbte sich. »Ich wäre eine feige Memme, wenn ich meine Pflicht vergäße!«

»Bestehen Sie auf Ihrer Ablehnung?«

»Gewiß.«

»So werde ich Sie zwingen, sich mit mir zu schießen.«

»Das wird Ihnen nicht gelingen.«

»Auch so nicht?« rief der Graf, hob die Reitgerte auf und schlug ihm damit gegen das Gesicht.

Dürenholz fing den Schlag mit dem Arm auf, konnte aber nicht hindern, daß die Spitze der biegsamen Gerte seine Stirn streifte. Es zeichnete sich darauf ein roter Strich ab. Er taumelte zurück und bebte am ganzen Körper vor Erregung.

Die Herren sprangen von den Spieltischen auf und traten dazwischen. »Herr Graf – Herr Amtsrichter – das ist doch unerhört –!«

»Ich habe meine Genugthuung,« sagte Graf Stieren und verließ, den Kopf in den Nacken werfend, das Lokal.

Der Oberstleutnant trat eben aus dem Tanzsaal in die Thür, als der Schlag fiel. Er stieß einen Schrei aus, als ob er selbst getroffen wäre. »Nieder mit dem tollen Hund!« keuchte er. »Warum besinnen Sie sich –« Der Graf hatte schon die Schwelle der Ausgangsthür nach dem Korridor erreicht.

Im Saal entstand eine Bewegung. Einige ältere Damen, die in der Nähe saßen, blickten ins Rauchzimmer, fragten, erhielten kurze Auskunft, trugen das Gehörte mit schreckbleichen Gesichtern weiter. »Der Graf Stieren hat den Amtsrichter mit der Reitpeitsche geschlagen,« flog es von einem Munde zum anderen. Der Tanz wurde unterbrochen. Die Musik hörte auf. Endlich konnte auch Adelheid nicht verborgen bleiben, was geschehen war. Sie stürzte fort und warf sich ihrem Bräutigam an die Brust. »Walther – Walther!« rief sie, in ein heftiges Schluchzen ausbrechend, »ist es denn wahr – kann es wahr sein?«

»Beruhige dich nur, liebes Herz,« sagte er, jetzt wieder ganz gefaßt. »Es ist mir geschehen, was überall dem Friedfertigsten geschehen kann. Gegen einen brutalen Überfall ist jeder machtlos.«

»Du bist geschlagen – o mein Gott, mein Gott!« Sie küßte seine Stirn wieder und wieder.

»Verursachen wir keine weitere Störung,« bat er. »Es ist, als ob mir unvermutet ein Stein an den Kopf geflogen wäre, den ein Bube geworfen. Still nur, still, liebes Herz.«

Der Oberstleutnant trat hinzu und ergriff seiner Tochter Arm. »Komm, Adelheid,« sagte er, »wir gehen nach Hause. Zum Tanzen und Soupieren wirst du nicht mehr aufgelegt sein.« Und dann sich zu Dürenholz wendend: »Sie sehen Ihre Braut wieder, nachdem Sie diesen Schimpf mit dem Blut Ihres Gegners abgewaschen haben.«

Dürenholz küßte Adelheid die Hand, die sie nach ihm ausstreckte.

Von allen Seiten wurde ihm das Bedauern über die erlittene Mißhandlung ausgesprochen. Nach wenigen Minuten entfernte auch er sich.

Man erwartete in den nächsten Tagen allgemein von einem Duell zu hören, bei dem einer der beiden Gegner auf dem Platz geblieben sei. Aber man täuschte sich. Der Graf fuhr prahlerisch mit seinem Viererzug durch die Stadt, und der Amtsrichter hielt auf dem Gericht seine Termine ab.

An seine Braut schrieb Dürenholz: »Meine teuerste Adelheid!

Ein Übermütiger hat sich an mir durch einen Schlag mit der Peitsche dafür gerächt, daß ich ihm die Würde des Richteramtes nicht preisgeben wollte. Ist das ein Schimpf, der nur dadurch ausgelöscht werden kann, daß ich entweder mich von ihm niederschießen lasse oder ihn niederschieße? In den Augen vieler gewiß. In den meinen nicht. Es berührt meine Ehre nicht, daß ein roher Mensch sich an mir vergreift, und wenn er dabei hundertmal die Absicht hat, sie zu kränken. Wie wunderlich, wenn ich ihm gestatten sollte, Gewalt über mich dadurch zu erlangen, daß er mich brutal verletzt! Der Graf hat ausgesprochen, daß er mich schlage, um mich zu zwingen, mich mit ihm zu schießen. Muß ich nun diesen Zwang wirklich erdulden, weil vielleicht oder wahrscheinlich viele an sich sehr ehrenwerte Leute der irrtümlichen Meinung sind, ich hätte durch den Schlag in den Augen der Welt meine Ehre verloren und müßte sie durch ein Duell wiederherstellen? Das widersteht mir durchaus. Es ist durch die Gewaltthat nur die öffentliche Ordnung gestört, und dafür giebt es eine gesetzliche Sühne. Ich bin entschlossen, in diesem und in allen Fällen die gesunde Vernunft und das Achtungsgefühl vor dem Gesetz walten zu lassen. Man soll, von mir wenigstens, nicht sagen dürfen, daß ein Richter, der vom Staat zum Hüter seiner Gesetze bestellt ist, sich selbst aus falsch verstandenem Ehrgefühl eines Gesetzesbruchs absichtlich schuldig macht. Ich weiß, Liebste, daß es ein schweres Unglück ist, wovon ich betroffen bin. Es muß getragen werden wie Krankheit oder sonst ein unverschuldetes Leid. Ich wäre ruhiger, wenn ich nicht fürchten müßte, deinem Vater werde ich unverständlich bleiben. Und dir? Kann ich mich auf dich verlassen? Nicht auf deine Liebe – die halte ich für unwandelbar – aber auf deine überzeugte Gesinnung und Kampfgenossenschaft? Bis in den Tod dein

Walther.«

Von diesem Briefe gab Adelheid ihrem Vater Kenntnis, in der Hoffnung, er werde ihm besser als ihre eigenen Worte den Beweis geben, daß Dürenholz recht handele. Die Wirkung war die entgegengesetzte. Er ließ sich in den härtesten Ausdrücken über den superklugen Philosophen und Weltverbesserer aus, der seine eigene Moral haben wolle, und verlangte von Adelheid, daß sie sich unbedingt seinen Weisungen füge. Er habe »für die Familie« einzustehen. Das arme Mädchen weinte sich die Augen rot, wagte aber doch nicht, hinter dem Rücken des Vaters einen

Schritt entgegen zu thun. Aufgewachsen in Anschauungen, die sich von ihm herleiteten, wurde es ihr schon recht schwer, sich in dem Gedankengange des Geliebten zurechtzufinden und in ihrem Innersten für ihn Partei zu ergreifen. Er war ja doch geschlagen, von einem Menschen geschlagen, der ihm nicht körperlich wehthun, sondern damit seine äußerste Mißachtung zu erkennen geben wollte. Wenn sie seinen Gründen auch beitrat, für ihr Gefühl blieb ein unlöslicher Rest. Und was würde weiter geschehen? Sie liebte ihn so sehr. Ja, ein schweres Unglück – ein vielleicht unüberwindliches!

Der Oberstleutnant suchte Dürenholz sofort in seiner Wohnung auf. Sein sehniges Gesicht war noch fahler in der Farbe als gewöhnlich, seine Stirn voller Falten. »Ich erfahre aus Ihrem Brief an Adelheid,« sagte er mit einer Stimme, die klang, als ob eine Scheere Glas schnitt, »daß Sie den Grafen Stieren nicht fordern wollen. Oder verstehe ich seinen Inhalt unrecht?«

»Gewiß nicht,« antwortete der Amtsrichter; »ich werde den Grafen so wenig fordern, als ich seinen Kutscher fordern würde, wenn er mich in seinem Auftrage mit der Peitsche geschlagen hätte.«

Der alte Herr kaute bissig die Lippe. »Das sind Spitzfindigkeiten, die uns keinen Schritt weiter bringen. Und was werden Sie sonst thun? Sie müssen mir zugeben, daß ich ein gutes Recht habe, danach zu fragen.«

»Ich werde Ihnen Rede stehen, lieber Papa, und würde Ihnen als einem anerkannten Ehrenmanne auch dann Rede stehen, wenn es nur das Recht des älteren Freundes wäre, auf das Sie sich stützten. Was zu thun war, habe ich bereits gethan. Ich habe dem Herrn Staatsanwalt Anzeige gemacht und die Bestrafung des Friedensbrechers beantragt. Ich zweifle nicht, daß er sich, auf welchem Standpunkt er persönlich auch sonst stehen mag, zu einem Einschreiten im öffentlichen Interesse veranlaßt sehen wird.«

»Und wenn nicht?«

»So giebt es Beschwerde-Instanzen.«

»Und wenn sie versagen?«

»So werde ich die Beleidigungsklage anstellen, die unter allen Umständen angenommen werden muß.«

»Denunzieren, sich beschweren, klagen – das ist für einen Schuster oder Schneider gut, der Prügel bekommen hat. Ich finde es unbegreiflich, daß Sie sich damit meinen helfen zu können.«

»Das Gesetz ist für jeden Staatsbürger gegeben.«

»Lassen wir das – es ist so eine von den schönen Redensarten, aus denen sich die Buchweisheit zusammensetzt.« Er grübelte mit gesenktem Kopf halblaut vor sich hin. »Wenn Sie den Grafen nicht fordern wollen – gut! Sie haben da ein paar andere Gründe, die sich allenfalls hören lassen. Aber – es bleibt Ihnen dann nur ein anderes.«

»Und das wäre?«

Der alte Offizier richtete sich langsam auf, nahm ihn scharf ins Auge, als ob er ins Schwarze treffen wollte, und sagte mit eiserner Ruhe: »Kaufen Sie einen Revolver, laden Sie ihn mit sechs Kugeln, erzwingen Sie sich den Einlaß bei ihm und schießen Sie ihn nieder!«

»Das wäre Mord!«

»Das wäre die Antwort auf einen Schlag mit der Reitpeitsche gegenüber einem Angreifer, dem Sie die Ehre, sich ritterlich mit ihm auseinanderzusetzen, nicht glauben erweisen zu dürfen.«

Dürenholz betrachtete ihn mitleidig. »Aus Ihnen spricht der Zorn, bester Papa,« sagte er kopfschüttelnd. »Er redet Ihnen ein, daß Sie kein Gewissen haben und mir zumuten dürfen, kein Gewissen zu haben. Bedenken Sie –«

»Da ist nichts zu bedenken,« rief der Alte martialisch und wühlte mit den Händen in seinem grauen Haar. »Entweder – oder! Es giebt kein drittes. Für mich wenigstens nicht, und – solange ich noch eine Tochter habe, für Sie auch nicht. Das bedenken Sie! Es ist nichts anderes zu bedenken – nichts!«

Er stand auf und durchmaß das Zimmer mit dröhnenden Schritten. »Nichts – so leid mir's thut, nichts.«

Da Dürenholz schwieg, trat er nach einer Weile an ihn heran und legte ihm schwer die Hand auf die Schulter. »Ich habe Sie lieb, Walther,« sagte er mit ungewohnter Weichheit, »ich habe Sie lieb, wie man nur einen Sohn lieb haben kann – Gott weiß es! Hören Sie auf meine Warnung: verrennen Sie sich nicht mehr und mehr in eine unhaltbare Position. Recht oder Unrecht, Tugend oder Verbrechen, Erfolg oder Mißerfolg – das ist hier alles gleichgültig. Sie sind ein Mann, der sich in der Gesellschaft unmöglich macht, wenn er einen Schlag mit der Reitgerte von einem Mann aus der Gesellschaft hinnimmt, ohne dafür sein Leben zu fordern. Ich biete mich Ihnen zum Sekundanten an. Wenn der Graf fällt, so verbüßen Sie eine Festungsstrafe und sind hinterher, der Sie waren. Wenn Sie fallen – so wird Adelheid einen Ehrenmann beweinen. Wenn Sie aber den Schimpf auf sich behalten – – dann – sind Sie nicht mehr der Mann, dem ich meiner Tochter Hand anvertrauen darf. Dann sind Sie auch für mich der Beschimpfte, dem ich weit aus dem Wege gehe, mit dem ich nicht einmal einen Wirtstisch teilen will. Und Adelheid ... thun Sie ihr das nicht an! Der Offizier hat keine andere Wahl.«

Dürenholz war bewegt, er seufzte tief und drückte die Hand auf seine heiße Stirn. Nach einigen Minuten sagte er: »Lassen Sie mich mit Adelheid sprechen heute noch. Ich muß wissen, ob ich mich vor ihr rechtfertigen kann.«

Der Oberstleutnant bedachte sich. »Gut – es sei!« rief er dann. »Ich hoffe ... Gut! wir erwarten Sie dann am Abend. Den Tag über haben Sie zur Überlegung Zeit... Ich sage nichts mehr.« Damit ging er.

Dürenholz vergrub sich in seine Aktenarbeit. Ein paar besonders schwierige Urteile, die er für ganz ruhige und klare Stunden aufgespart hatte, nahm er jetzt vor, um die Gedanken von dem, was sie fortwährend im Kreise herumjagte, ganz abzuziehen. Aber die Feder wollte nicht recht vorwärts. Mitten im Satz sprang er mitunter auf und faßte seinen Kopf zwischen die Hände. »Nein, es ist zu unsinnig – zu unsinnig!« rief er laut sich selbst zu. »Wache auf, du träumst!« Er wiederholte sich alles, was geschehen war, suchte von dem, was gesprochen wurde, Wort für Wort in seinem Gedächtnis wiederherzustellen, prüfte sich mit peinigender Gewissenhaftigkeit, aber das Ergebnis blieb immer dasselbe: was sein Lebensglück bedrohte, stand außer ihm und äußerte eine dämonische Gewalt. Er konnte sich nicht einmal vorwerfen, zu eigensinnig in ein Prinzip verrannt zu sein; die Thatsachen, mit denen er hier zu rechnen hatte, würden auch für sich selbst zu der gleichen Entscheidung gedrängt haben.

Er fand Adelheid in der traurigsten Verfassung. Zwar suchte sie ihm beim Entgegenkommen ein heiteres Gesicht zu zeigen, als sei nun aller Gram der vorigen Tage und Nächte vergessen, aber es war nur wie ein Sonnenblick aus düsterem Gewölk, das sich sogleich wieder zusammenzog, um sich nur noch mehr zu verfinstern. Wie nach einer schweren Krankheit schien sie Mühe zu haben, sich aufrechtzuhalten. Ihre Augen flimmerten in einem matten Glanz, als wäre innen das Licht im Erlöschen, und ein Zucken der farblosen Lippen verriet die Anstrengung, einen neuen Ausbruch der Thränen zurückzuhalten. Sie lag lange in seinen Armen, ganz aufgelöst. Dann sagte sie: »Ich habe mit mir gerungen, Liebster, aber ich überwinde mich nicht. Es ist mein Unglück, ich sehe es klar, und doch kann ich von dir nicht verlangen, was deiner Überzeugung widerspricht. Wenn meine Liebe dich um jeden Preis zu halten suchte, würde mir's ein ewiger Vorwurf sein. Und sie kann dich auch nicht in den Tod treiben wollen. Das ist eine unmenschliche Zumutung.«

Er suchte sie zu trösten. Was jetzt so bedrohlich scheine, werde in kurzem seine Schrecken verlieren; es sei nur nötig, gegen alle Unvernunft festzubleiben, dann werde sich beugen, was in sich doch keinen Halt habe.

Adelheid drückte seine Hand, wagte aber nicht, vertrauensvoll zu ihm aufzuschauen. »Ich möchte dir so gern recht geben,« sagte sie weich, »aber ich weiß, daß du irrst. Wenigstens in dem, was uns beide betrifft. Mein Vater –«

»Er wird meine Standhaftigkeit achten lernen.«

»Du kennst ihn nicht, wie ich ihn kenne. Du wirst ihm immer unverständlich bleiben. Und er wird dir nicht einmal Zeit lassen, dich im Kampfe mit dem gesellschaftlichen Vorurteil zu bewähren. Er hat mit mir gesprochen – seinen letzten Entschluß bereits gefaßt. Er wird uns trennen –«

»Adelheid –!«

»Und wir werden uns fügen müssen.«

»Nein wir fügen uns nicht!« rief er wie befehlend.

Sie blickte zur Erde. »Was kann ich – ?«

»Ausharren, Adelheid, ausharren, bis der böse Spuk vorüber ist.«

Wieder schmiegte sie sich an seine Brust. »Ich werde nie aufhören, dich zu lieben.«

»Daran halte ich mich,« sagte er zuversichtlich. »Es ist ein schweres Geschick, daß wir nun vielleicht noch lange Zeit die Erfüllung unserer Wünsche hinausschieben müssen. Aber in wenigen Jahren bist du selbständig –«

»Ich bleibe meines Vaters Tochter, solange er lebt,« fiel sie mit sanftem Vorwurf ein.

»Wenn er sieht, daß du fest bleibst, wird er endlich doch nachgeben.«

»Er wird nicht, weil er nicht kann. Er kann ebensowenig wie du, Walther. Rechne da mit einer Persönlichkeit, die kein fremdes Maß annimmt. Nicht von sich abirren, ist der stete Mahnruf, nicht einen Zoll weichen! Es steckt so viel Hochehrenwertes darin, das ganz unantastbar scheint, sich selbst für unantastbar hält und halten muß. Und nun setze zwei solche Naturen gegeneinander: es giebt keine nach. Wer aber zwischen ihnen steht und mit Liebe an beiden hängt, wird zermalmt. Das ist Schicksal.«

Walther schwieg eine Weile. Er fühlte, daß er nur mit Redensarten hätte widersprechen können, die sie nicht zu beruhigen, ihn selbst nicht zu befriedigen vermöchten. Aber er küßte ihre Stirn und ihre Augen und überlegte, wie er retten könne. Endlich sagte er: »Das letzte läßt sich heute nicht erwägen, Liebste – jede Hindeutung müßte dich tief verwunden, und du könntest sie nicht verstehen, wie ich sie meine. Ich rufe dir nur zu: Uns verändert die Zeit, und niemand weiß auch nur voraus, was morgen geschieht.«

Sie ahnte doch, was ihm vorschwebte. Aber sie ging daran vorbei. »Auch uns verändert die Zeit,« erwiderte sie nur, »und die fern von einander hinleben, wenn auch in liebendem Andenken, sehen sich nach Jahren vielleicht als Fremde wieder. Nein! nimm die Trennung als gewiß an und eine neue Vereinigung künftig, wenn sie uns dann Herzensbedürfnis ist, als eine unverhoffte Himmelsgnade. Ich will dich nicht binden, Walther, du sollst frei sein!«

Sie zog den goldenen Reif ab und steckte ihn dem Widerstrebenden an den Finger. Und dann richtete sie sich auf und trat einen Schritt zurück: »Du bist frei,« sagte sie, »mein Vater soll es von dir erfahren.«

Sie hörte ihn im Nebenzimmer, reichte Walther noch einmal die Hand, riß sich mit einem aufschluchzenden Laut gleich wieder los und entfernte sich mit eiligen Schritten, um in irgend einem Winkel des Hauses unbeobachtet ihren Schmerz ausweinen zu können.

Der Oberstleutnant öffnete ein wenig die Thür und trat ein, da er Dürenholz allein sah. Die Unterredung der beiden Männer dauerte kaum einige Minuten. Was hatten sie einander jetzt noch zu sagen? Sie schieden nicht erzürnt, aber jeder mit dem schmerzlich bohrenden Gefühl, der andere habe ihm eine tiefe, nie mehr heilende Wunde geschlagen – und recht ohne zwingenden Grund.

Dann nahmen die Dinge ihren regulären Verlauf.

Die Beschwerde des Grafen war vom Minister, übrigens mit einigen Bleistiftstrichen am Rande, an den Chefpräsidenten des Oberlandesgerichts, von diesem, mit der Bitte um Bericht, an den Landgerichtspräsidenten geschickt. Die Kammer hatte ordnungsmäßig zu entscheiden, ob die Ungebührstrafe zu Recht oder Unrecht verhängt war. Aber so einfach lag hier der Fall nicht. Der Graf Stieren war ein einflußreiches Mitglied des Herrenhauses, Vorsitzender eines agrarischen Vereins, der bei den Wahlen große Bedeutung hatte, verwandt mit sehr hohen Staats- und Hofbeamten. Man konnte ihn nicht wie einen beliebigen Gerichtseingesessenen abfertigen. Auch hatte die Beschwerde doch noch eine andere als die rein rechtliche Seite, und es war überdies von den späteren Vorfällen am Sitz des Landgerichts schon viel gesprochen worden. Der Präsident entschloß sich daher zu einer Revision des Amtsgerichts, die ihm unauffällig

Gelegenheit geben konnte, mit dem Herrn Amtsrichter unter vier Augen zu sprechen und bei vertrauenswürdigen Personen Erkundigung einzuziehen.

Dürenholz war keinen Augenblick im Zweifel, was beabsichtigt wurde. Er kam dem Präsidenten zuvor und benutzte gleich die erste Begegnung, ihm ein schriftliches Memorial zu überreichen und daran einen umständlichen Vortrag zu knüpfen. Der Präsident, ein kluger Jurist und sonst wohlwollender, aber etwas ängstlicher, nervös-ehrgeiziger Herr, bewies schon durch die Art, wie er zuhörte, daß ihm die ganze Sache höchst fatal war. »Der Graf stellt natürlich manches im einzelnen anders dar,« bemerkte er darauf. »Wenn zwei über einen Streit berichten, wird immer jeder geneigt sein, die Schuld von sich ab und dem anderen zuzuwälzen. Es kommt dabei ja auch so unendlich viel auf die Wahl eines Wortes, auf die Betonung, auf die begleitende Geste an. Man hört's und sieht's so und so.«

»Herr Präsident,« entgegnete der Amtsrichter, »ich möchte mit aller Entschiedenheit der Auffassung vorbeugen, daß es sich zwischen mir und dem Herrn Grafen Stieren um einen Streit gehandelt hat. Wie war der möglich, wenn ich als Vorsitzender des Gerichts einen Zeugen vernahm?«

Darin wurde eine Zurechtweisung erblickt, die verstimmte. »Hm – hm … Es wird Ihnen aber zur Last gelegt, daß Sie die Grenzen Ihrer amtlichen Befugnisse nicht streng eingehalten und dadurch den Zeugen zu einer ungehörigen Widerrede gereizt haben. Es wird sicher nicht so sein – ich nehme das schon jetzt als gewiß an, aber, lieber Herr Kollege, wenn ich Ihnen offen und ganz freundschaftlich meine Meinung sagen soll – so etwas darf nicht vorkommen, es darf absolut nicht vorkommen. Wenn es vorkommt, spielt da immer eine gewisse Ungeschicklichkeit mit, die Verhältnisse richtig einzuschätzen und in Rücksicht zu ziehen. Man verlangt mit Recht vom Richter, daß er mit Leuten aus allen Gesellschaftsklassen umzugehen versteht. Wäre es denn so unerhört gewesen, wenn Sie dem Herrn Grafen Ihr eigenes Arbeitszimmer angeboten hätten? Für einen Mann seiner Art ist es doch wirklich nicht angenehm, sich in dem gewöhnlichen Zeugenraum aufhalten zu müssen. Nicht wahr? So etwas läßt sich ja gewissermaßen zuvorkommend gewähren, ohne daß irgend jemand auf den Gedanken fällt, es werde da ein Vorzug eingeräumt.«

Diese Auffassung bewies Dürenholz, daß er hier auf Verständnis nicht zu rechnen hatte. Er verzichtete auf eine »kollegiale« Erörterung.

»Wenn damit ein Tadel ausgesprochen sein soll, Herr Präsident –«

»Bewahre, bewahre! Ich kenne meine Befugnisse. Nur die Exemplifikation einer allgemeinen Bemerkung, lieber Herr Kollege. Ich sage, so etwas darf nicht vorkommen, und es giebt Mittel zur Verhütung. Und dann der Auftritt im Kasino! Sie haben sich da freilich ganz passiv verhalten, aber die Thatsache steht doch fest, daß Sie geschlagen wurden. Ich entschuldige den Grafen nicht, aber ich kann mich gewissermaßen auf seinen Standpunkt stellen. Das Duell war ihm verweigert, er glaubte sich rächen zu müssen. Selbstverständlich ist das unerlaubt, strafbar. Aber … ja, sehen Sie, ich wiederhole nochmals: so etwas darf unter keinen Umständen vorkommen. Darf nicht! Das Ansehen des Richterstandes wird gefährdet, und das ist ein schwereres Unglück, als wenn der einzelne einmal bewußt eine Ungesetzlichkeit begeht.«

»Ich denke, das Ansehen des Richterstandes wird am meisten gefährdet, wenn –«

Der Präsident ließ sich auf eine Diskussion darüber nicht ein, revidierte und nergelte viel, sprach mit dem Amtsanwalt und mit dem Gerichtsschreiber und aß beim Landrat, mit dem er von der Universität her befreundet war. Als er sich von Dürenholz verabschiedete, der ihn zur Eisenbahn begleitet hatte, äußerte er: »Sie sind recht sehr zu bedauern, lieber Herr Kollege, aber Ihre Stellung hier scheint unhaltbar geworden. Nachdem nun auch der Oberstleutnant Müller, wie ich höre … Bedaure aufrichtig. Es ist sehr möglich, daß man Ihnen nichts wird am Zeuge flicken können; aber vergessen Sie nicht: *semper aliqid haeret*. Sie waren bisher oben sehr gut angeschrieben, sind ein tüchtiger Jurist, fleißiger Arbeiter, haben einen Namen ins Leben mitbekommen, der Sie bei so trefflichen Eigenschaften fördert. Es wäre doch jammerschade, wenn Sie sich Ihre Karriere verdorben hätten. Überlegen Sie einmal, ob da gar nicht zu helfen ist. Ich enthalte mich natürlich aller Ratschläge, wage keine Andeutung. Ich bitte Sie nur überzeugt zu sein, daß das wärmste Interesse für Sie aus mir spricht. Leben Sie wohl!« Er stieg in den Wagen.

Dürenholz verstand ihn. Er sollte um jeden Preis das Ärgernis aus der Welt schaffen.

Es wurde noch größer. Dem Bezirks-Ehrengericht der Reserveoffiziere war Anzeige gemacht, daß der Kamerad von Dürenholz ein Duell ausgeschlagen und den Gegner, der ihn deshalb öffentlich gezüchtigt, nicht gefordert habe. Er wurde zur Verantwortung aufgefordert und teilte seine Gründe mit, erklärte aber auch am Schluß, er könne kein Ehrengericht für berechtigt erachten, ihn zu einer ungesetzlichen und mit Strafe bedrohten Handlung zu nötigen. Darauf erfolgte, was er erwarten mußte: er erhielt seine Entlassung mit schlichtem Abschied. In den Augen der Offiziere der Garnison und der früheren Kameraden im Civil bedeutete dies zugleich eine moralische Verurteilung. Sie hoben jeden gesellschaftlichen Verkehr auf. In der kleinen Stadt und für einen Mann, der durch sein Amt zu den Spitzen der Behörden rechnete, ein sehr empfindlicher, aber auch für alle Beteiligten verdrießlicher Boykott. Dürenholz hatte sich darüber nicht täuschen können, daß diese Folgen unvermeidlich waren. Er vermied es, soviel dies in seiner Macht stand, Anderen Verlegenheiten zu bereiten, zog sich ganz in die Gerichtsstube und in sein Arbeitszimmer zurück und beschäftigte sich in seiner freien Zeit eifrigst mit Studien, die sich nicht nur auf seine juristische Wissenschaft bezogen. So füllte er auch die Stunden aus, die er früher im Hause des Oberstleutnants herzerfreuend verbracht hatte, und die nun immer am schmerzlichsten die Erinnerung an seinen Verlust wachriefen.

Innerlichst empören mußte ihn, was in seiner Sache beim Landgericht geschah. Allerdings erhob der Staatsanwalt Anklage gegen den Grafen Stieren; aber der Vorsitzende der Strafkammer, selbst aus der Staatsanwaltschaft hervorgegangen, mit der Ansicht des Präsidenten bekannt, alter Corpsstudent und ein sehr schneidiger Herr, behandelte die Sache von Anfang an »aus einem höheren Gesichtspunkte«. Er erhob einen weitläufigen Beweis über die dem Schlage vorangegangenen Ereignisse und fand den Diener des Grafen durchaus willig, zu gunsten seines Herrn auszusagen, was ihm von diesem und seinem Anwalt vorgesprochen worden war. Der Amtsanwalt mußte zugeben, daß »der Ton der Zurechtweisung« der Persönlichkeit des Grafen gegenüber vielleicht etwas zu scharf gewesen sei, und der Protokollführer, ein junger Aktuar, welchen der Amtsrichter öfter hatte tadeln müssen, fühlte sich nun über diesem und gab ihm ebenfalls eine nicht ganz wohlwollende Censur wegen seiner Geschäftsleitung in den Schöffensitzungen. Vergebens hatte Dürenholz dagegen protestiert, daß hier über seine Amtsthätigkeit zu Gericht gesessen werde. Das Urteil lautete dann auf eine nicht einmal hohe Geldbuße. Um es unanfechtbar zu machen, publizierte der Vorsitzende die Gründe dahin: man könne von dem Ergebnis dieser Beweisaufnahme ganz absehen, da ja feststehe, daß der Graf sich beleidigt gefühlt und den Amtsrichter gefordert, dieser aber das Duell verweigert habe. Es könne ferner ganz davon abgesehen werden (eine äußerst brauchbare Formel!), ob diese Herausforderung eine Gesetzesverletzung und die Ablehnung im amtlichen und staatlichen Interesse geboten war – wesentlich für die Beurteilung der Strafwürdigkeit des Angeklagten bleibe nur, daß dieser sich in seinem Standesbewußtsein tief gekränkt fühlte und that, was nach einer bis in die höchsten Gesellschaftskreise hinaufreichenden Auffassung für ihn Ehrenpflicht war. »Der Hieb mit der Reitpeitsche beabsichtigte nur nebenher eine Körperverletzung; in der Hauptsache hatte er rein symbolische Bedeutung.« Wenn es daher auch aufs entschiedenste zu mißbilligen sei, daß der Angeklagte sich zu einer körperlichen Züchtigung seines Gegners, eines höheren Beamten, habe hinreißen lassen, so komme doch strafmildernd seine leicht erklärliche Erregtheit in Betracht, und der Gerichtshof habe daher für angemessen erachtet, auf eine Geldstrafe zu erkennen.

War das nun eine Sühne für so schwere Ehrenkränkung? Das Urteil erfreute sich nur in sehr engen Kreisen der unbedingten Zustimmung. Es könnte gefragt werden – und es wurde gefragt –, ob diejenigen nicht am Ende recht hätten, die ein gerichtliches Verfahren überhaupt für ungeeignet hielten, das peinlichere Ehrgefühl eines gebildeten und hochgestellten Mannes zu befriedigen und sein verletztes Ansehen wiederherzustellen. Da war nun, was immer gefordert würde, der Weg betreten, der dem das Duell Verweigernden durch das Gesetz gewiesen war – und zu welchem Ziel hatte er geführt? Jetzt erst recht wies man mit Fingern auf ihn. Es wurde Dürenholz von oben her unter der Hand geraten, seine Versetzung an einen anderen Ort nachzusuchen. Vielleicht wirklich nebenher auch aus Wohlwollen für ihn. Nun hatte er sich ja an sich nichts Wünschenswerteres denken können, als dem Schauplatz seiner Leiden möglichst weit entrückt zu werden; aber sein Stolz bäumte sich dagegen auf, wie nach einer schweren Niederlage selbst das Feld räumen zu sollen. Dazu konnte man ihn nicht nötigen. Er hielt es jetzt, nachdem er für seine Überzeugung so mannhaft gestritten und so schwere Einbußen erlitten hatte, auch für seine Pflicht, auszuharren und den Beweis zu geben, daß er trotz des Achselzuckens seiner im Vorurteil befangenen Gegner die vollste Achtung verdiene. Dieser Entschluß wurde ihm dadurch erleichtert, daß die einzigen Personen, denen er meinte Rücksicht schuldig zu sein, nicht mehr durch seine Gegenwart belästigt werden konnten: der Oberstleutnant hatte mit seiner Familie den Ort verlassen und in einer anderen kleinen Stadt, weit genug entfernt, Wohnung genommen.

Aber man ließ ihm keine Ruhe. Ein Amtsrichter, der Schläge bekommen und nicht einmal die Verurteilung des Angreifers zu einer Gefängnisstrafe durchgesetzt hatte, der aus der Gesellschaft von seinesgleichen ausgeschlossen war und stündlich in Gefahr stand, öffentlich von neuem bloßgestellt zu werden, ohne Genugthuung fordern zu wollen, war einfach unmöglich. Er genoß nicht mehr »die Achtung, die sein Richteramt verlangte«, und mußte zwangsweise beseitigt werden, wenn er nicht gutwillig weichen wollte. Die Thatsache, daß er sich in diese Lage gebracht hatte, entschied gegen ihn. Es wurde ihm eine Disziplinaruntersuchung angehängt. Er verteidigte sich selbst und führte aus, daß sein einziges Vergehen seine Gesetzestreue sei. Er appellierte an das Standesgefühl der Richter. Aber er war ja doch in seinem jetzigen Wirkungskreise unmöglich; diese Einsicht überwog. Er wurde verurteilt, sich die Versetzung in ein anderes Richteramt mit gleichem Range und Gehalt gefallen zu lassen. Mit gleichem Range und Gehalt! Damit sollte zu seinen Gunsten zum Ausdruck gebracht werden, daß man mehr die unglückliche Lage, als die Verschuldung berücksichtigte.

Nun forderte Dürenholz seinen Abschied und erhielt ihn in kürzester Zeit.

II

Was sollte der Amtsrichter a. D. nun mit sich anfangen?

Er besaß kein Vermögen. Acht Jahre seines Lebens hatte er dazu verbraucht, die Rechte zu studieren und sich praktisch auf den Richterdienst vorzubereiten. Noch mehrere Jahre war er genötigt gewesen, unentgeltlich zu arbeiten, den Rest seiner Mittel zu verzehren, bis er eine bescheidene Anstellung erhielt. Und nun sollte das alles umsonst gewesen sein. Eine Masse ganz toten Wissens hatte er seinem Kopf eingeprägt und darüber versäumt, sonst etwas zu lernen, womit Geld zu verdienen wäre. Und Geld mußte verdient werden, sonst war er bald völlig bankerott.

Er hätte sich als Rechtsanwalt einschreiben lassen oder sich um die Justitiarienstelle bei einem Bankinstitut bemühen können. Mit der Zeit würde er vielleicht Erfolg gehabt haben. Aber der Gedanke, aus seiner Rechtskenntnis ein Gewerbe zu machen und sie nach dem Wunsch und Auftrag derer zu verwenden, die einen geschäftlichen Vorteil bezweckten, mochte derselbe gerecht sein oder nicht, war ihm widerwärtig. Sein Richteramt hatte ihm zu hoch gestanden. Und nun war ihm auch alles, was Gesetz hieß, verdächtig geworden – der ganze Rechtsstaat verdächtig geworden. Er hatte ein Stück Leben kennen gelernt und wußte nun, daß ganz andere Mächte herrschten, als an die er früher glaubte. Ein ungeheurer Apparat, mit Millionen in Bewegung gehalten, um überall dem Gesetz Geltung zu verschaffen, versagte völlig gegenüber einem Mißbrauch des Ehrbegriffs, den die höhere Gesellschaft sanktionierte. Nur zum Schein wurde der Verächter des Gesetzes bestraft; jeder, der den Bruch scheute und sich zum treuen Wächter bekannte, war machtlos gegen jeden der oberen Zehntausend, der sich mit der Pistole in der Hand für unangreifbar erklärte.

Und wohin mit seinen Gesinnungen in dem Deutschland von heute? Überall dieselbe Ehrenmoral, überall derselbe Schutz der »Satisfaktionsfähigen«, überall dieselbe Mißachtung der die Satisfaktion mit der Waffe Verweigernden. Hin und wieder regte einmal ein besonders krasser Fall die öffentliche Meinung auf, es wurden schöne Reden gehalten und Massen von Druckerschwärze verbraucht, aber es änderte sich in der Sache selbst nichts: »der ritterliche Geist« florierte, das Duell wurde im Prinzip für eine notwendige Einrichtung zur Erhaltung des Standesansehens erklärt und die prinzipielle Enthaltung verhöhnt und durch Ausschluß geahndet. Das hatte Dürenholz sattsam am eigenen Leibe erfahren; nach einem weiteren Martyrium konnte ihn nicht gelüsten. Und Adelheid war ihm nun gewiß verloren. Nicht entmutigt, aber zu der Einsicht gedrängt, daß er, um von neuem anfangen zu können, in eine freier denkende Umgebung gestellt sein und in ihr erst den Ekel vor den heimischen Zuständen überwinden müsse, verkaufte er seine Bibliothek und sonstige Habseligkeit, versilberte einige von kleinen Ersparnissen angeschaffte Wertpapiere und schiffte nach Amerika hinüber.

Dort hatten seine Bemühungen, sich eine gesicherte Stellung zu erwerben, lange keinen günstigen Erfolg. Er mußte sich erst in der englischen Sprache befestigen, in mancherlei fremdartige Anschauungen hineingewöhnen. Endlich fand er bei einer großen deutschen Zeitung Beschäftigung und erlernte den Journalismus aus dem Grunde. Er rückte sogar, als seine Feder sich bewährt hatte, in die Stelle eines Unterredakteurs ein und that dem Blatt gute Dienste. Es fehlte jedoch viel, daß ihn diese Thätigkeit befriedigte. Es war ihm dabei zu viel reine Parteitaktik, zu viel Flibustiertum und Revolverruhmredigkeit. Auch sonst fand er seine Erwartungen arg getäuscht. Hierzulande standen ungeheurer Reichtum und elendeste Armut einander noch schroffer und oft brutaler gegenüber als in der alten Heimat, wo Regierung, Beamtenschaft und ein gebildeter Mittelstand mildernd und ausgleichend wirkten. Der Erwerb war alles, und der Kampf ums Dasein wurde erbarmungslos mit den bedenklichsten Waffen geführt. Schon nach drei Jahren fühlte Dürenholz die brennendste Sehnsucht nach dem Vaterlande, aus dem er sich bei aller Mühe nicht herausleben konnte. Wenigstens einen längeren Besuch mußte er ihm abstatten, um nun im Besitz reichster Erfahrungen aus einer ganz anderen sozialen und politischen Ordnung der Dinge zu prüfen, was es ihm noch wert sein könnte. Als erst die Reise feststand, verflüchtigte sich immer mehr der Gedanke an eine schnelle Rückkehr. Ein Urlaub genügte ihm nicht; er gab vorläufig seine Stellung auf. Es schien ihm möglich, als Journalist in Deutschland nicht nur notdürftig sein Brot zu verdienen, sondern auch mit den erworbenen Einsichten und Fernblicken zu gunsten seiner Landsleute in größerem Stil thätig zu sein. Irrte er, so konnte er ja jederzeit sein Zelt wieder abbrechen. Ihn band nichts mehr an die Scholle.

Und eine Reise von New-York nach Bremen oder umgekehrt – was wollte das heute überhaupt noch sagen.

Er hielt sich ein paar Wochen in Berlin auf. Es reizte ihn, zu erfahren, ob seine Augen die Reichshauptstadt noch sehen könnten wie früher, der Menschen- und Wagenverkehr in der Leipziger- und Friedrichstraße noch jetzt auf ihn einen Eindruck machte. Er hatte aber auch noch von der Zeit her, als er sich hier zum Staatsexamen aufhielt, einige Lieblinge im Alten Museum, die er nun immer wieder aufsuchte: die Gobelin-Tapeten nach den Kartons von Raphael in der Rotunde, die van Eyckschen Tafeln und ein paar Bilder aus der Deutschen Schule, die Correggios und Murillos und den Madonnenkopf von Guido Reni, der ihn jetzt wundersam an Adelheid erinnerte. Es war derselbe Aufschlag der großen Augen, und so schmerzverzogen hatte er das schöne, freilich jugendlichere Gesicht gesehen, als sie von ihm Abschied nahm. Er versäumte nicht, sich auch in den Verein »Berliner Presse« einführen zu lassen, und stellte sich in einigen Redaktionen vor, um sich jedoch bald zu überzeugen, daß die Plätze, um die er sich hätte bewerben mögen, besetzt waren.

Er erfuhr aber, daß eine große freisinnige Zeitung in der Provinz einen zweiten Redakteur brauche, der – wegen der Handelsbeziehungen des Ortes – der englischen Sprache mächtig sei und die auswärtige Politik selbständig übernehmen könne. Er ließ sich in einer Lesehalle das Blatt geben und traf auf einen Leitartikel, der ihn inhaltlich fesselte. Es hatte wieder einmal eine Schießaffaire besonderes Aufsehen erregt, und der Schreiber des Artikels ließ sich sehr energisch gegen diese mittelalterliche Unsitte aus, die freilich nur dadurch in Mißachtung gebracht werden könne, daß alle gebildeten Leute den Mut hätten, sich offen als Gegner des Duells zu bekennen und Duellanten von ihrem Umgang auszuschließen. Dürenholz sah darin einen Wink des Schicksals, an dieser Stelle anzufragen.

Er schrieb an den Chef-Redakteur und legte seine Zeugnisse bei; auch gab er einen kurzen Abriß seiner Lebensgeschichte, soweit sie hier interessieren konnte. Umgehend erhielt er die Antwort, es seien sehr viele Meldungen eingegangen, und man könne sich nur nach persönlicher Vorstellung und mündlicher Rücksprache entscheiden. Es scheine jedoch viel für ihn zu sprechen, und es werde ihm daher anheimgestellt, die kurze Reise nicht zu scheuen.

Dürenholz fuhr schon am nächsten Tage nach der nur wenige Stunden entfernten See- und Handelsstadt. Die Redaktion befand sich in einem recht ansehnlichen Hause, dessen durch eine breite Einfahrt zugängliches Hintergebäude in allen Stockwerken von der Druckerei eingenommen wurde. Es hatte Verbindung mit dem Parterre des Haupthauses, in welchem die Wohnung des Chef-Redakteurs Hans Holm und dessen Arbeitszimmer lag, zu welchem jedoch auch eine kurze Hoftreppe führte.

Diese ging Dürenholz hinauf und gelangte nun zunächst in einen durch einen Mauerbogen in zwei ungleiche Teile gesonderten Vorraum. Der kleinere, mit etwas Mobiliar ausgestattet, diente als Wartezimmer für Leute, die den Redakteur meinten sprechen zu müssen, und zugleich für andere, die an der Barriere unter dem Mauerbogen Inserate aufzugeben hatten. Bei dieser Einrichtung genügte ein Diener, um den Verkehr des Bureaus mit den anderen Geschäftsräumen in der Druckerei und den Anmeldedienst zu verrichten.

Dürenholz schickte seine Karte hinein und wurde bald vorgelassen. Herr Holm, ein Vierziger mit einem hübschen Krauskopf und behäbiger Gestalt, übrigens bekleidet mit weißer Weste, hellgeblümter Kravatte und einem rotwollenen Jacket, das mit einer Reihe übergroßer Perlmutterknöpfe besetzt war, empfing ihn mit einem musternden Blick und ersuchte ihn, ohne sich vom Schreibtisch zu erheben oder die Zigarre fortzulegen, auf einem Stuhl ihm gegenüber Platz zu nehmen. »Erinnerte mich Ihres Namens gleich, Herr Amtsrichter,« sagte er, sich zurücklehnend und das Kinn hochhebend. »War ja damals ein Hauptspektakel, als Sie die Affaire mit dem Grafen hatten und das Duell verweigerten. Unsere Zeitung hat auch davon umständlich

Notiz genommen. Schade, daß damals noch nicht Doktor Haring für uns schrieb; sonst wäre der Stoff noch besser ausgeschlachtet worden. Haben Sie seinen jüngsten Artikel in der Duellfrage gelesen? Hat Schneide, nicht wahr? Das heißt, persönlich stimm ich mit seinen Ansichten nicht ganz überein, und ich glaube, er selbst meint's auch nicht so scharf. Aber für unser Publikum ganz vortrefflich. Hier dominiert der Kaufmann mit seinen Anschauungen, und dem ist so ein Artikel allemal aus der Seele geschrieben. Also Journalist sind Sie geworden, und in Amerika haben Sie Ihre Schule durchgemacht. Das ist verständig. Lassen Sie mich genauer wissen, was Sie gelernt haben und meinen leisten zu können.« Die Auskunft schien den Herrn Chef-Redakteur mehr und mehr zu befriedigen.

Er griff nach einer Kiste Cigarren und hielt sie dem Gast hin. »Sehen Sie, ich muß einen ganz zuverlässigen Mann neben mir haben,« bemerkte er; »der sozusagen die eigentliche Arbeitslast auf seine Schultern nimmt. Ich habe viel gesellschaftliche Pflichten zu erfüllen – Sie wissen ja, in den reichen Kaufmannshäusern wird gut gegessen und getrunken – und muß mich mit der obersten Leitung begnügen. Thu's auch gern. Na, die Juristen pflegen ein Päckchen tragen zu können, und es wäre auch ganz schön, wenn wir in mancherlei Zweifelsfällen nicht erst einen Rechtsanwalt zu befragen brauchten. Doktor Haring ist ein genialer Kerl, aber man kann ihm nicht um die Ecke trauen – als Redakteur unverwendbar. Ich muß mich auf eine solide Kraft stützen können.«

Nachdem die Unterredung wohl eine Stunde gedauert hatte, sagte er: »Alles in allem – Sie gefallen mir recht gut, und ich möchte glauben, daß wir miteinander glatt fertig werden könnten. Ich erkläre mich also bereit, mit Ihnen auf die festgestellten Bedingungen abzuschließen. Es ist aber vorher noch eine kleine Förmlichkeit zu erfüllen. Sehen Sie, ich bin zwar gewissermaßen Eigentümer der Zeitung, die ich redigiere, aber mein Schwager hat sein Geld darin stecken, und deshalb will er ein Wort mitreden, wenn es sich um Anstellung des zweiten Redakteurs handelt. Wenn Sie sich also zu ihm bemühen wollten … Ich werde Ihnen etwas für ihn aufschreiben, was seine Wirkung nicht verfehlen wird, und es handelt sich, wie bemerkt, um eine bloße Förmlichkeit.«

Er fing sogleich an, eine Karte zu beschreiben, wobei er viel schnaubte und stöhnte, als ob er eine schwere Arbeit zu verrichten hätte.

»Darf ich mich erkundigen, wie Ihr Herr Schwager heißt?« fragte Dürenholz.

»Glauberg.«

»Glauberg – ? Veit mit Vornamen?«

»Ja, Veit Glauberg.«

»Fabrikant –«

»Früher. Er hat das Geschäft aufgegeben und lebt von seinem Gelde. Kennen Sie ihn?«

»Wenn er derselbe ist … einer meiner ältesten und besten Freunde. Und ich erinnere mich jetzt auch, daß er von einem Zeitungskauf gesprochen hat. Er wohnt hier?«

»Ja, seit einiger Zeit. In der Villa mit großem Garten fast nebenan – nur wenige Häuser weiter, wo die eigentliche Straße aufhört. Er wollte seiner Schwester näher sein und irgend etwas zu thun haben – vielleicht auch mir besser auf die Finger zu sehen – ha, ha, ha! Denn von Finanzwissenschaft und Ökonomie verstehe ich wirklich nicht viel. Na, wenn er Ihr alter Freund ist, brauche ich mir ja nicht die Finger abzuschreiben; dies hier wird ausreichen, bringen Sie ihm das.«

Dürenholz nahm das couvertierte Blättchen und stand auf. »Besten Dank!« Die überraschende Nachricht, den Freund so nahe zu haben, hatte ihn froh erregt.

»Wann haben Sie Glauberg zuletzt gesehen?« fragte Holm, sich nun auch von seinem Sessel erhebend.

»Vor etwa vier Jahren.«

»Dann werden Sie ihn sehr verändert finden. Er ist krank und wenig beweglich, obgleich außer Bett.«

»Krank?«

»Ganz invalide – körperlich wenigstens.«

»Aber was ist –«

»Sie werden ja sehen und wahrscheinlich auch hören.« Er zog die Uhr heraus. »Es ist die höchste Zeit, wenn Sie ihn noch vor Tisch sprechen wollen.«

Dürenholz zögerte. »Noch eine Frage. Weiß er, daß Sie mich hierherberufen haben?«

»Nein,« antwortete der Redakteur. »Ich wollte erst selbst mit mir über die Persönlichkeit meines ständigen Mitarbeiters einig werden. Vorher hatte es keinen rechten Sinn, ihn zu bemühen.«

Dürenholz eilte die Straße hinauf. Er machte sich Gedanken über den sonderbaren Zufall, hier auf den alten Freund zu stoßen, den er im Unglück absichtlich nicht in Anspruch genommen hatte, und mehr noch über die Mitteilung betreffs seiner Krankheit. Ein so frischer, förmlich von Gesundheit strotzender Mensch! Hoffentlich kein dauerndes Leiden.

Das nicht zu verfehlende, im italienischen Villenstil gebaute Haus lag hinter einem durch ein zierliches Eisengitter gegen die Straße geschlossenen sehr hübschen Vorgarten und hatte den Eingang über einer breiten Steintreppe von der Seite her. Die Fenster waren mit Stores verhängt. Ein Springbrunnen plätscherte zwischen der Treppe und der gegenüberliegenden, mit Epheu besponnenen Mauer. Ein paar Marmorputten hatten den Verschluß der großen Schale geöffnet und sahen nun verwundert den Wasserstrahl aufsteigen, der sie beschüttete. Weiter hinaus blickte man in einen Garten mit alten schattigen Bäumen und zierlichen Lauben.

Da wohnte ein reicher Mann!

Dürenholz schickte Holms Schreiben mit seiner Karte hinein. Keine halbe Minute darauf erschien der Diener wieder in der eilig geöffneten Thür. »Bitte einzutreten – dem Herrn sehr willkommen!«

Glauberg hatte in einem Rollsessel gelegen, aus dem er sich nun, mit Hilfe des Dieners, zu erheben bemüht war. Das gelang nur mit großer Anstrengung, indem er sich krampfhaft auf einen starken Krückstock stützte und dadurch nachhalf. Als er dann stand, war der Körper doch gebeugt und zitterten die Beine noch eine Weile. Er sah sehr elend aus, die Haut wachsgelb und der lange Bart grau. »Dürenholz –!« rief er mit dem Ausdruck größter Freude, indem er ihm den Arm, den der Diener unterstützte, entgegenzustrecken suchte, »mein lieber, alter – bist du's denn wirklich? Wo kommst du her?«

Dürenholz ging schnell auf ihn zu, umarmte und küßte ihn. »Du aber –! Ich habe noch vor einer Stunde keine Ahnung gehabt. Diese freudige Überraschung! das heißt – wenn ich dich so sehe … Ich hörte, du seist krank, und wie ich dich da vor mir habe … Setze dich gleich wieder in deinen bequemen Stuhl, Liebster. Ich möchte nicht daran schuld sein –«

»Ja, es ist mit mir kein Staat mehr zu machen,« unterbrach ihn der Freund, »ich kann mir denken, daß mein Anblick dich erschreckt. Aber in diesem Augenblick ist mir ganz wohl. Ein so liebes, gutes Gesicht wiederzusehen–! Ich hatt's schon ganz aufgegeben, denn du warst mir gänzlich verschollen.« Er legte den mit dem Krückstock bewaffneten Arm auf seine Schulter und erwiderte die brüderlichen Küsse.

Dann ließ er sich in den Rollstuhl zurücklegen und mit der herabgefallenen wollenen Decke bedecken. Er atmete keuchend, wie nach einer übermäßigen Anstrengung, hustete und rasselte aus der Brust her. Der Diener mußte sich entfernen, Dürenholz sich auf einen Sessel neben ihn setzen. Er nahm jetzt seine Hand und hielt sie fest. »Ich ersehe aus Holms Kritzelei,« sagte er, »daß du in Amerika gewesen, Journalist geworden bist. Das zum voraus: bestimme dein Gehalt, deine Beschäftigung bei der Zeitung – Bedingungen giebt's unter uns gar nicht. Ich bin so froh … Aber das versteht sich ja alles von selbst. Gehen wir erst in die Vergangenheit zurück. Ich will haarklein erfahren–« Der Husten zwang ihn zu einer Unterbrechung.

»Du weißt, was mir passiert ist, Veit?«

»Soviel man davon in den öffentlichen Blättern lesen konnte, die für und wider Partei nahmen. Ich wartete eine Weile, ob du dich nicht an mich wenden würdest. Dir meinen Beistand anzubieten, durfte ich nicht gut wagen. Und vielleicht brauchtest du ihn auch gar nicht, und jedenfalls wolltest du nicht … Erst als die Nachricht kam, daß du deinen Abschied genommen hättest, glaubte ich nicht länger stillbleiben zu dürfen. Aber ein Brief an dich gelangte mit der

Aufschrift zurück: Abgereist, unbekannt wohin. Da mußte ich mich wohl begeben. Aber recht böse bin ich dir gewesen – wahrhaftig. So stolz zu sein!«

»Es war mir damals garnicht zu helfen,« antwortete Dürenholz, »auch vom besten Freunde nicht. Nicht mit Rat und nicht mit That – am wenigsten mit Geld. Ich fühlte das Bedürfnis, zu verschwinden und mich erst einmal in der Vergessenheit zu dem anderen Menschen gleichsam umzuarbeiten, der sich dann wieder als leistungsfähig präsentieren könne. So benutzte ich nun auch den Vorteil, den mir der öffentliche Spektakel bot, nicht, um mich anderswo gut unter-zubringen. Ich hatte mehr verloren, als die Zeitungen wußten. Als wir uns in Berlin trafen, sagte ich euch, daß ich verlobt sei, bald Hochzeit zu feiern gedächte. Der Vater meiner Braut – ich sagte euch ja wohl, daß er Offizier sei – hielt mich für beschimpft und hob das Verhältnis auf. Davon kein Wort weiter, auch zu dir nicht. Aber es hat mich tief geschmerzt – viel mehr, als irgend ein Mensch wußte – so daß ich wie ein verwundetes wildes Tier am liebsten eine einsame Höhle aufgesucht hätte. Was man mir sonst angethan, betrachte ich jetzt viel ruhiger, da mir die Galle aus dem Blut ist. Auch dieser Duellwahnsinn hat Methode. Wer ihn bekämpft, bricht in eine wohlbewehrte Festung ein, die für eine Burg zu Schutz und Trutz der Standesehre gehalten wird, und da ist's am Ende nicht wundersam, daß er mit allen Mitteln hinausbefördert wird. Nur in dem einen möchte ich ungern bei dir den möglichen Verdacht bestehen lassen, daß ich doch wohl meine richterlichen Befugnisse nicht vorsichtig und rücksichtsvoll genug ausgeübt haben könnte. Da ist alles verdreht, um mir etwas anhängen zu, können, absichtlich und unabsichtlich. Ich habe mein Verhalten sehr scharf geprüft und kann mir auch heute noch keine Schuld beimessen.«

Er erzählte den Vorfall, wie er sich seinem Gedächtnis in allen Einzelheiten genau eingeprägt hatte, und fuhr dann fort: »Aber nun genug und übergenug von mir, Liebster. Sage mir, was dein schweres Leiden veranlaßt hat. Du, früher die Gesundheit selbst –«

»Ich muß mich vor dir schämen,« fiel Glauberg ein, »eingestehen zu müssen, daß ich die Folgen einer Verirrung trage, die du nicht für verzeihlich wirst gelten lassen können. Ich habe ebensowenig als Freund Runge das gegebene Wort gehalten, unter keinen Umständen mit den Waffen Genugthuung zu fordern, nur daß ich nicht so schnell und aus zwingenderer Veranlas-sung abtrünnig geworden bin.«

»Du bist im Duell...« rief Dürenholz aufs äußerste überrascht.

»Zum Krüppel geschossen,« ergänzte Glauberg. »Ja. Die Kugel des Gegners hat mir nicht nur die Lunge durchbohrt, sondern auch das Rückenmark beschädigt. So siehst du mich in diesem traurigen Zustande bei noch jungen Jahren – eine lebendige Illustration zu dem Wahrheitssatz: Das Duell ist Blödsinn.«

Dürenholz drückte seine Hand, deren Pulse fühlbar schlugen. »Mein armer, armer Freund!«

»Ich will dich mit der hundsföttischen Geschichte im einzelnen verschonen,« fuhr der Kranke fort, die Augen immer nach der Decke senkend, die er nach den Knieen hin abgeworfen hatte. »Kurz nur soviel: Ich hatte für meine Fabriken einen Direktor angestellt, den ich einer schwe-ren Notlage entriß. Er war mein Hauptmann gewesen, als ich als Einjährig-Freiwilliger diente, und erfreute sich seines zänkischen Wesens wegen bei seinen Kameraden und als launenhafter Vorgesetzter bei der Kompanie keiner Beliebtheit. Mich behandelte er anständig, deckte mich auch einmal gegen einen Offizier, den er seiner soldatischen Pedanterie wegen nicht gut leiden konnte. Das nahm mich für ihn ein. Ich erfuhr schon damals, daß es ihm schlecht gegangen sei, da seine Frau ihr ganzes Vermögen im väterlichen Konkurse verloren hätte. Wahrscheinlich war ihm so schlecht zu Mute, daß sich seine Unliebenswürdigkeit daraus erklärte. Später einmal als Offizier zur Übung eingezogen, fand ich ihn zum Major aufgerückt wieder. Er stand nicht im besten Ansehen, da man wußte, daß er Wucherern in die Hände gefallen war, die ihn aussogen und zu bedenklichen Aushilfen nötigten. Bald darauf erhielt er wegen seiner Schulden und ge-wisser Unregelmäßigkeiten im Kassenwesen des Bataillons den Abschied, und nun war er ganz dem Elend preisgegeben, wenn er mit zahlreicher Familie von seiner Pension leben sollte. Er wendete sich an mich mit der Anfrage, ob ich ihm nicht eine lukrative und zugleich standes-mäßige Beschäftigung zuweisen könnte. Das Mitleid verführte mich, ihm die gerade vakante

Stelle des Fabrikdirektors anzubieten, in die er sich freilich erst einzuarbeiten haben würde. Er griff eifrigst zu. In kurzer Zeit stellte sich seine gänzliche Untauglichkeit heraus. Ohne etwas lernen zu wollen, spielte er nur den großen Herrn, verkehrte er mit den Beamten übermütig und brachte er die Arbeiter gegen sich dadurch auf, daß er sie wie Rekruten behandelte. Er dachte auch nicht daran, die Schulden abzutragen, sondern ließ seine Frau gewähren, die den Hausstand auf großem Fuß einrichtete. Das Geschäft ging bergab. Da er auf Warnungen nicht achtete, blieb mir zuletzt nichts anderes übrig, als ihn zu entlassen. Nun schnaubte er Wut und forderte mich, weil seine Ehre verletzt sei. Ich wies ihn ab, und dafür rächte er sich durch die nichtswürdigsten Verleumdungen, als hätte ich mir durch falsche Vorspiegelung Lieferungen erschlichen und seiner Frau nachgestellt. Ich klagte, und er ließ sich, ohne sich dem Richter zu stellen, verurteilen, indem er es unter seiner Würde erklärte, die Wahrheit seiner Behauptungen erst noch nachzuweisen; ich hätte mich dadurch selbst gerichtet, daß ich ihm feige die Satisfaktion verweigerte. Seine Dreistigkeit fand Glauben, und mir fehlte nun jedes Mittel, die Lüge zu entlarven. Man hatte die Unverschämtheit, mir unter der Hand anzuraten, sein Schweigen durch ein Kapital zu erkaufen. Ich zweifelte nicht, daß er selbst die Anregung zu diesem Vorschlag gegeben hätte. Empört über so viel Undank und Bosheit, schließlich durch versteckte Angriffe in öffentlichen Blättern um alles ruhige Nachdenken gebracht, that ich, was ich nicht hätte thun sollen: ich ließ ihm nun selbst eine Forderung zugehen. Das war's, was er erreichen wollte. Er erschien auf dem Platz und – knallte mich nieder. Ha, ha, ha! Nun war der Beweis geführt, daß er ein Ehrenmann und ich im Unrecht gewesen war.«

Während dieser Erzählung hatte er viel mit Atemnot zu ringen gehabt. Von seinem verzerrten Gesicht war abzulesen, welche furchtbaren Schmerzen er litt. Dürenholz streichelte seine Hand, um ihn zu beruhigen, aber er brach in Thränen aus und rief: »Hätte der Elende mich totgeschossen, mir wäre wohl! Aber nun siech mein Leben lang, kaum ein halber Mensch, oft von Krämpfen heimgesucht, die mich unter das Tier erniedrigen … Mag mir Gott verzeihen, wenn ich einmal in der Verzweiflung diesem entsetzlichen Dasein ein schnelles Ende bereite! Ich trage bei mir, was mich von aller Qual befreit.«

Er hatte seine kranke Lunge so angestrengt, daß ihn nun ein keuchender Husten überfiel, unter dem sich der ganze Körper wand. Dürenholz trat hinter ihn und hob ihm den Kopf, aber mit wenig Erfolg. »Laß nur –« stöhnte der Kranke, »es muß sich – austoben …«

In diesem Augenblick öffnete sich die Seitenthür ein wenig, und eine sanfte Frauenstimme fragte herein: »Kann ich dir etwas reichen, Veit? Der Husten quält dich wieder sehr. Hast du Friedrich fortgeschickt?«

Dürenholz horchte auf, die Stimme kam ihm so bekannt vor. Nein, er konnte sich nicht täuschen …

Da ertönte auch schon ein leiser Aufschrei aus der noch weiter geöffneten Thür. Dürenholz hatte rasch aufgeblickt und Adelheid erkannt.

»Tritt nur ein,« keuchte Glauberg, »da ist nichts zu erschrecken, liebes Kind – wollte dich ohnedies bitten lassen …« Er wandte sich zum Gast. »Meine Frau.«

»Deine –« Dürenholz erstarrte das Wort im Munde. Er stand zum Glück noch hinter dem Kranken, sonst hätte diesem der jähe Wechsel der Farbe auffallen müssen. Nun trat Adelheid auf die Schwelle. Sie hatte sich gefaßt und gab Dürenholz durch einen blitzschnellen Wink der Augen und ein leises Schütteln des Kopfes zu verstehen, daß der Kranke nichts wisse und Schweigen geboten sei. Er fügte sich, behielt aber seinen Standort hinter dem Rollstuhl, um sein erschrockenes Staunen besser verbergen zu können. Das heftige Pochen des Herzens fühlte er bis in die Schläfen.

»Meine Frau,« wiederholte Glauberg wie vorstellend. »Herr Walther von Dürenholz, einer meiner ältesten und besten Freunde, früher Amtsrichter, jetzt Journalist.«

Adelheid verbeugte sich, die Augen niederschlagend. »Ich bin sehr erfreut …«

»Er bleibt jetzt – hier,« fuhr Glauberg fort, »wir haben ihn – für unsere Zeitung – eingefangen –«

»Das heißt –« unterbrach Dürenholz.

»Ich denke, wir sind schon einig. – Aber willst du uns nicht Gesellschaft leisten, liebe Adelheid?«

»Es wird im Augenblick nicht sein können,« antwortete sie unsicher. »Ich muß notwendig –«

»Gut denn – also später bei Tisch. Walther bleibt zum Essen.«

»Unter keinen Umständen,« fiel dieser ein, »es ist mir unmöglich –«

»Aber rede doch nicht. Du bleibst bei uns zum Essen. Es versteht sich ja ganz von selbst.«

»Nein wirklich, Veit –« »Ich nehme da – keine Ausrede an, die diesmal auch – fadenscheinig genug sein müßte, da du doch – anderweitig nicht gut versagt sein kannst. Du genierst gar nicht. Meine Frau ist immer – auf einen Gast eingerichtet. Und einem so lieben alten Freunde zu Ehren – braucht sie nicht einmal andere Toilette – zu machen.«

Damit war nun jeder weitere Einwand abgeschnitten. Auch Adelheid fügte sich ohne jeden Versuch der Widerrede. Sie reichte dem Kranken vom Tisch ein Tränkchen und zog sich dann zurück. »In einer Viertelstunde werde ich bitten können.«

Dürenholz ward vor den Augen, als ob sie auf einem bewegten Wasser fortschwebte. Ihn schwindelte. Er stützte sich auf die Lehne seines Sessels. »Deine Frau…«

»Wie gefällt sie dir?« fragte Glauberg lächelnd.

»O –! – Ich wußte natürlich nicht –«

»Daß ich – zu allem Unglück – auch noch verheiratet sei. Natürlich. Wohin hätte ich dir's anzeigen können?«

»Und seit wie lange – ?«

»Seit einem Jahr so praeter propter. Etwas darüber.«

»Nachdem bereits dein Duell –«

»Ja. – Setze dich doch.« Er hatte aus dem Glase geschlürft und seine Brust ein wenig beruhigt. »Das ist eine wunderliche Geschichte, weißt du. Aber mit ein paar Worten erzählt. Ich war nach dem unseligen Duell in den Händen von allerhand Ärzten. Die Lunge konnten sie mir – doch nicht flicken, nicht einmal die Kugel herausbringen, die sich zwischen zwei Wirbel – festgeklemmt haben muß. Mein Zustand war greulich. Er verschlechterte sich von Tag zu Tag, und das Ende schien nicht absehbar. Die Wunde heilte nicht und verbreitete einen pestilenzialen Geruch. Nach einigen Monaten sah ich ein, daß ein solcher Kranker in seiner eigenen Wohnung auf die Dauer nicht gehalten werden könne. Ich ließ mich also in das städtische Diakonissenhaus schaffen, wo ich ununterbrochene Pflege und Wartung haben könnte. Ich war ja hilflos wie ein kleines Kind. Dort nun wurde ich einer der jüngeren Schwestern zur besonderen Aufsicht überwiesen. Was sie, unermüdlich und mit wahrer Engelsgeduld, für mich gethan hat, ist unbeschreiblich. Ihrer unausgesetzten Sorgfalt verdanke ich es – soweit da zu danken ist – daß die Eiterung aufhörte und die Wunde vernarbte. Freilich ergab sich auch, daß ich nie wieder frei würde atmen, nie wieder anders, als auf die Krücke gestützt, würde gehen können, und daß die Krampfzufälle von Zeit zu Zeit immer wieder würden ertragen werden müssen. Eine trostlose Aussicht für die Zukunft! Nun verlangte man aber auch, daß ich in vorbestimmter Zeit das Krankenhaus räumen sollte, in dem Sieche nicht gelitten werden durften. Ich hatte mich an die Pflege der braven Schwester Adelheid so gewöhnt, daß ich den Gedanken nicht fassen konnte, sie nun entbehren zu sollen. Es war, als ob sie die Macht hatte, den wütendsten Schmerz durch Handauflegen und freundliche Worte zu besänftigen. Ich fürchtete mich vor dem Gefühl der Verlassenheit, das mich entfernt von ihr befallen müßte, und wußte, daß ich mir mit allem Gelde die Treue meiner Dienerschaft nicht erkaufen könnte. Weibliche Pflege war mir unentbehrlich. So machte ich denn Schwester Adelheid den Vorschlag, ihre Thätigkeit in der Diakonissenanstalt ganz aufzugeben und sich mir allein zu widmen. Um ihre Stellung in meinem Hause über jede Anfechtung hinauszuheben und sie zugleich nach meinem Tode völlig zu sichern, bot ich ihr meine Hand an. Sie weigerte sich anfangs, aber die Oberin selbst redete ihr freundlich zu und gab zu bedenken, daß sie in ihrer Armut eine solche Versorgung fürs ganze Leben nicht ausschlagen dürfe. So willigte sie endlich ein, und wir wurden an dem Tage, an welchem ich das Haus verlassen mußte, um zunächst im Süden längeren Aufenthalt zu nehmen, von dem Anstaltsgeistlichen getraut, nachdem der Standesbeamte am Krankenbett seine gesetzliche Pflicht erfüllt hatte.«

So also war's gekommen, daß Adelheid des Freundes Weib geworden war. Sein Weib? Eine angeheiratete Krankenpflegerin. Um so trauriger für sie. Aber diese Vorstellung erleichterte Dürenholz doch die beklommene Brust. »Das ist eine wundersame Schickung,« sagte er, wie vor sich hinsprechend. »Ein sehr verständiger Entschluß von beiden Seiten, denke ich,« bemerkte Glauberg. »Ich gestehe gern, daß das Gefühl der Dankbarkeit bei mir sehr warm geworden war und einer herzlichen Zuneigung recht ähnlich sah. Gleichwohl wäre ich vielleicht nicht so egoistisch gewesen, das sehr schöne und liebenswürdige, wenn auch nicht mehr ganz jugendliche Mädchen an mich zu fesseln, wenn ich nicht Adelheid selbst sagen gehört hätte, daß sie nach sehr traurigen Erfahrungen nie einem Manne ihre Liebe zuwenden könne und sich gerade deshalb von der Welt zurückgezogen habe, lediglich noch ihrem Samariterdienste zu leben. Ich durfte diese Erklärung für ganz ernst gemeint halten. Und ganz ernstgemeint war denn später auch meine Versicherung, daß ich von ihr nicht Liebe, nur Barmherzigkeit beanspruche.«

Dürenholz schwieg eine kleine Weile, den Unmut niederzukämpfen, der sich seiner wieder bemächtigte. Adelheid hatte ihn nicht vergessen gehabt, und doch … Dann sagte er, wie nur freundschaftlich beteiligt: »Und hast du dich danach erkundigt, was ihr Gemüt so arg verbittert hatte, daß eine solche Entsagung ….«

Glauberg schüttelte den Kopf. »Wie sollte ich? Ich forderte ja von ihr nichts, was ein solches Eindringen in ihr Innerstes hätte rechtfertigen können. Eine unglückliche Liebe natürlich! Vielleicht ein Fehltritt – was ging's mich an? Ich hatte die volle Zuversicht zu ihr, daß sie mir nicht die Hand reichen würde, wenn sie nicht mit gutem Gewissen meinen Namen annehmen könnte. Ich erfuhr nur, daß sie eine Waise sei –«

»Eine Waise?«

»Ja, die Tochter eines verstorbenen Offiziers, der die Frau schon lange vorher durch den Tod verloren hatte. Es war kein Vermögen hinterblieben. Die jüngere Schwester hatte eine Gouvernantenstelle angenommen, zwei Brüder dienten beim Militär. Ich habe die Verwandten nie gesehen. Nur mit Mühe habe ich meine Frau vermögen können, für sie eine regelmäßige Unterstützung anzunehmen. Ich glaube, sie wollte mir da nichts zu verdanken haben: Das hätte man ihr vorwerfen können, daß sie mich geheiratet habe, um ihre Geschwister zu versorgen. Ihr Stolz macht da sehr feine Unterschiede.«

»Ihr lebt glücklich miteinander,« warf Dürenholz so hin, ohne recht daran zu denken, was er sagte. Der Oberstleutnant tot! – das war eigentlich der einzige Punkt, der in seinem Hirn haftete. Tot – nicht lange nach seiner Abreise gestorben –! und er hatte es nicht erfahren.

Glauberg nickte. »Ja, glücklich. Soweit da von Glück überhaupt die Rede sein kann. Adelheid ist die Güte und Nachsicht selbst. Sie pflegt den Kranken bei Tag und Nacht, sie führt musterhaft seine Wirtschaft, hilft ihm bei der Verwaltung seines Vermögens – und das alles mit himmlischer Sanftmut und ruhiger Ergebung in ihr schweres Schicksal. Für mich ist's ein Glück, das ich gar nicht dankbar genug erkennen kann. Und sind meine Augen nicht jung und ganz gesund? Sollen sie sich nicht weiden an so viel Schönheit und Anmut? Wär's nicht unnatürlich, wenn mein Herz unbeteiligt bliebe, das die Kugel doch nicht getroffen hat? Ah –! es gibt Zeiten! … Ein wahnsinniges Gefühl von Eifersucht erfaßt mich dann –«

»Von Eifersucht?«

»Ich habe kein anderes Wort. Nicht wie es gewöhnlich gemeint ist! Nie hat Adelheid mir den mindesten Anlaß gegeben, mich zu beunruhigen, als hätte irgend ein Mensch in ihrer Schätzung vor mir etwas voraus. Es müßte denn ein Toter sein – ich will sagen, einer, der einmal für sie gelebt hat, und der ihr gestorben ist, und den sie in ihrem Herzen betrauert. Ich weiß es nicht. Aber eifersüchtig bin ich auf jeden Gesunden, der hat, was mir fehlt. Denn ich fühle wie so einer, habe das brennende Verlangen, ein Gefühl zu erwecken, das mich beglücken könnte, und bin mir doch der Grausamkeit bewußt, mit dem Feuer zu spielen. Du wirst mich auslachen. Wie weiß ich denn, daß meine Leidenschaft zünden würde, wenn sie sich frei ergehen könnte?

Wahrscheinlich hätte sie nie den Anreiz erhalten aufzuflammen, wenn ich mit gesunden Gliedern ....Lassen wir das, lassen wir das! Es ist, wie es ist. Aber dem Freunde darf ich's gestehen, daß ich mein schönes und engelgutes Weib liebe.«

Der Diener trat ein und meldete, daß die gnädige Frau zum Essen bitten lasse. Er schob den Rollstuhl in das dritte Zimmer, den Gartensaal, in welchem die kleine Tafel gedeckt war. Für Glauberg stand an derselben ein Lehnsessel. Nachdem er sich erhoben hatte, wies er die weitere Unterstützung des Dieners zurück und ging die wenigen Schritte, alle Kraft anspannend, am Stock. »Es ist, als ob mir die Freude, den alten Freund wiederzuhaben, durch Leib und Seele gefahren ist,« sagte er lächelnd. »Ich fühle mich merkwürdig wohl und frisch. Merkst du's nicht, Adelheid? Ja, so ein alter Freund ist ein rechtes Stärkungsmittel. Es geht nun sicher alle Tage besser.«

»Das wollen wir wünschen,« antwortete sie, indem sie die Suppe vorlegte. Der Teller, den sie dem Diener reichte, zitterte in ihrer Hand. Sie hielt die Augen gesenkt und atmete kurz.

Aber was soll nun werden? überdachte Dürenholz mit ängstlicher Spannung. Sollte Glauberg verborgen bleiben – war's eine Möglichkeit...? Ihn schwindelte.

Das Gespräch wurde zwischen den Freunden über allerhand allgemeine Dinge geführt, wie sie gerade an der Tagesordnung waren. Adelheid beteiligte sich wenig dabei, und Dürenholz wagte kaum, sie anzusehen, weil immer sogleich ein Blutstrom bis in seine Stirn hinaufwallte. Sie trug, wenn auch nicht genau im Schnitt, das einfache schwarze Kleid und das glatte weiße Krägelchen der Diakonissen, hatte das volle braune Haar auch nach deren Art kunstlos gescheitelt und in einen Knoten zusammengenommen, der von einem Schildpattpfeil gehalten wurde. Sie kam ihm schöner als je vor, wennschon die jugendliche Frische fehlte und ein ihm fremder Zug, wie es ihm schien, von trotzigem Fatalismus, dem Gesicht von den verschleierten Augen her sich aufprägte. Er täuschte sich sicher nicht darin, daß sie mit allen ihren Gedanken weitab vom Gegenstand der Unterhaltung war, und ihn selbst verwirrte es, wenn er mitunter einem Blick begegnete, der unsagbar traurig verloderte. Er hielt dann mitten im Satz ein und griff nach dem Glase, um sich wieder sammeln zu können und dem Kranken nicht auffällig zu werden.

Nach der Mahlzeit schlug Glauberg vor, den Kaffee im Garten zu nehmen. Er habe eine Cigarre, versicherte er, die für große Gelegenheiten aufgespart sei, wie diese heut. Sich am Tisch aufrichtend, stieß er noch einmal mit dem Freunde an und trank die Neige aus. »Dein Wohl!« Dann schien er sein Gebrechen vergessen zu haben und schob sich am Krückstock einem Eckschränkchen zu, dessen Schlüssel er aus der Tasche gezogen hatte. Nach wenigen Schlitten schwankte er bedenklich. Adelheid eilte ihm nach und stützte ihn. »Kann *ich* nicht – ?«

»Du findest schwerlich die rechte Kiste. Es geht schon – es geht. Willst du mir nur den Rollstuhl –«

Dürenholz fuhr ihn heran und half ihm hinein. Dann wollte der liebenswürdige Wirt sich aber nicht weiter helfen lassen. Er erfaßte mit den Händen die Räder und setzte sie ganz flink in Bewegung. Er nahm die Cigarrenkiste auf den Schoß und holte in derselben Weise auch ein Feuerzeug herbei. »Du siehst,« sagte er lachend, »daß ich mich noch nützlich machen kann.« Er mochte lange nicht in so guter Laune gewesen sein.

Der Diener, der mit dem Abräumen beschäftigt gewesen war, kehrte zurück und trat hinter den Rollstuhl, während Adelheid sich nun entfernte, um in der Küche wegen des Kaffees die erforderlichen Anordnungen zu treffen. Der Balkon hatte auf der einen Seite eine sanftabsteigende Rampe; auf ihr gelangte das Gefährt bequem auf den Kiesgang des Gartens.

»Ist es dir recht, wenn wir noch ein wenig promenieren?«

Dürenholz war ganz einverstanden. Er ging nun neben dem kleinen Wagen her, der nach Glaubergs Winken durch die hübschen Anlagen geschoben wurde. »Nicht gerade das Paradies,« scherzte er, »aber doch ein ganz hübsches Stückchen präparierte Natur für Leute, die bescheiden ihren Horizont zu beschränken haben. Dort setzt sich der Weg nach den Wiesen hin fort, aber es liegt jetzt die Sonne auf ihm. Wenn ich sie untergehen sehen will, was freilich ein melancholisches Schauspiel ist, findet sich eine Viertelstunde weiter ein Hügel, der die Gegend beherrscht. Man braucht, um so etwas zu genießen, nicht durchaus auf die hohen Berge zu klettern.« Er gestattete, daß der Freund den Diener ablöste, der, um nach den Befehlen der gnädigen Frau zu fragen, fortgeschickt wurde. »Das nächste Mal lasse ich auch meinen Schwager und seine Frau zu Tisch bitten,« sagte er, als sie allein waren. »Heute wollte ich dich ganz für mich haben. Holm wirst du ja rasch kennen lernen. Er ist ein guter Kerl, aber kein großes Licht und macht sich das Leben gern leicht. Er muß immer einen haben, der ihn dirigiert, damit er dirigieren kann, ohne Konfusion anzurichten. Und das muß so leise geschehen, daß er's gar nicht merkt oder sich den Anschein zu geben vermag, es nicht zu merken. Ich selbst kann doch nur dafür sorgen, daß der finanzielle Teil des Geschäfts nicht in zu arge Unordnung gerät. Der zweite Redakteur, in Wahrheit der erste, ist selten so geschickt, Reibungen zu vermeiden, und so ist bisher ein häufiger Wechsel leider unvermeidlich gewesen. Auch deshalb bin ich so froh, daß ich *dich* habe. Deine Überlegenheit wird ihm sofort einleuchten, und du hast bei aller Energie die gefällige Form, nicht unnütz anzustoßen.«

»Ich weiß doch nicht, ob ich da der rechte Mann bin,« wendete Dürenholz ein, der schon auf den Rückzug dachte. »Das freundschaftliche Verhältnis zu dir...«

»Aber das wird dir gerade den sichersten Halt geben,« unterbrach Glauberg eifrig. »Wenn Holm weiß, wie wir beide miteinander stehen, so fügt er sich ohne weiteres. So klug ist er schon. Du mußt wissen, daß er von mir ganz abhängig ist. Was ich für ihn thue, thue ich meiner Schwester Ida zuliebe, die sich als junges Ding in ihren hübschen Lehrer verliebt hatte und ihn durchaus heiraten wollte, obgleich die Familie aus guten Gründen dagegen war. Er hat dann in der tollsten Weise ihr Vermögen durchgebracht, und ich habe meine Bedingungen gestellt, als ich ihm wieder auf die Beine half. Übrigens läßt sich mit ihm sehr gut leben, wenn man ihn zu nehmen versteht.«

»Aber ob ich, Bester...«

»Gerade du. Ich bitte dich – das ist doch abgemacht. Sagst du mir nichts über meine Frau? Wie findest du sie? Sie war freilich heute bei Tisch ungewöhnlich still. Na sie hat auch sonst nicht die Art, rasch und lebhaft aus sich herauszutreten. Ich meinte nur, weil sie hier doch nicht nötig hatte, sich den Gast erst darauf anzusehen, ob sie ihm Vertrauen schenken könne – Aber es ist möglich, daß du ihr zu sehr imponiert hast; da tritt sie bescheiden zurück.«

»Du hast sie ja kaum zu Worte kommen lassen,« versuchte Dürenholz zu scherzen.

Glauberg lachte vergnügt. »War das ein Wunder? Nachdem ich dich endlich einmal...Na, ich bin überzeugt, ihr werdet bald die besten Freunde werden. Vielleicht schon beim Kaffee. Ich denke, wir wenden uns jetzt dem kleinen Pavillon zu, in dem er uns eingeschenkt werden soll.«

Dürenholz schob das Wägelchen dorthin. Es ist doch ganz unmöglich, dachte er wieder bei sich, daß er in Unwissenheit bleibt. Ich hätte sofort sprechen müssen. Aber ich verstand Adelheid richtig. Sie wollte nicht – Und nun er einmal getäuscht ist, wird's immer schwerer, ihm die Wahrheit zu sagen – ja, ja, immer schwerer.

Adelheid hatte sich's sicher in der ersten Bestürzung nicht gut überlegt; nun mochte ihr ebenso beklommen zu Mute sein als ihm. Vielleicht noch beklommener. Und er konnte ihr nicht zu Hilfe kommen! Jetzt mußte die Eröffnung von ihr ausgehen.

Der Pavillon war am breiten Eingange durch zwei Wände von wildem Wein erweitert, so daß man auch unter freiem Himmel einen geschützten Platz hatte. Hier blieb Glauberg im Rollstuhl, neben den nur ein dazu schon bereiter niedriger Tisch für seine Tasse geschoben wurde. Adelheid war im Pavillon bei einer Wiener Maschine beschäftigt. Ihr gegenüber und halb schon in der Laube erhielt der Gast einen bequemen Schaukelstuhl angewiesen.

Adelheid bediente die Herren selbst. Das feine Backwerk, das sie zureichte, wurde verschmäht; dafür dampften bald die Cigarren. Dürenholz mußte von seinen Erlebnissen in Amerika, von Land und Leuten, von Presseverhältnissen und Reklamewesen dort erzählen. Ob es denn wahr sei, daß der Journalist stets mit dem Revolver in der Tasche herumgehe? Ob keine Aussicht sei, Bruder Jonathan zu überzeugen, daß litterarischer Diebstahl gerade so unanständig sei als der in den Strafgesetzen aller Völker verbotene? Er ließ sich über alle diese Dinge gern des breiteren aus, um Unterhaltungsstoff zu schaffen, der ihn und Adelheid von der peinlichen Situation ableiten könnte.

Das gelang doch nur sehr unvollkommen. Sie hatte, nachdem sie ihren Pflichten als Wirtin genügt, die Kaffeemaschine beiseite geschoben und, etwas vorgebeugt, die Arme mit den gefalteten Händen auf den Tisch gelegt, ohne die Häkelarbeit in dem mitgebrachten Körbchen auch nur zu berühren. So hatte sie sein Profil gerade vor Augen und sah unverwandt darauf hin, als wollte sie es zeichnen. Er fühlte diesen magnetischen Blick und widerstand der Versuchung nicht, immer wieder den Kopf zur Seite zu wenden und die Rede an sie zu richten. Er sprach dann Worte, die ihm selbst ein leerer Schall waren und von ihr wahrscheinlich gar nicht gehört wurden. Glauberg hatte seinen Fahrstuhl so herumgeschoben, daß er die Ausschau ins Freie gewann. So saßen sie hinter ihm und brauchten nicht zu befürchten, von ihm beobachtet zu werden.

Die zweite Cigarre war bereits geraucht. Dürenholz sprach davon, daß er sich werde verabschieden müssen, wenn er noch rechtzeitig zum Schnellzug auf den Bahnhof wolle. »Wie? Du denkst daran fortzufahren?« fragte Glauberg überrascht. »Ich dachte –«

»Es ist durchaus notwendig, daß ich noch einmal nach Berlin zurückkehre,« versicherte Dürenholz. »Ich konnte nicht darauf vorbereitet sein, für meine Bewerbung so raschen Erfolg zu haben. Es sind allerhand kleine Angelegenheiten zu ordnen, Rechnungen zu bezahlen, Sachen zu packen –«

»Aber läßt sich das nicht brieflich besorgen?«

»Nein, nein. Ich habe dort keinen, den ich belästigen möchte. Meine Papiere liegen lose im Schreibtisch, und eine Summe Geldes, die ich bei einer Bank hinterlegt habe, kann nach meiner Anordnung nur persönlich oder – von meinen Erben abgehoben werden.«

»Gut denn! Du beeilst dich aber.«

»Soviel ich kann.«

»Morgen Abend würdest du bereits –«

»Aber so groß ist die Eile doch nicht.«

»Für wen? Wenn ich an mich denken darf … Ah! es ist mir so, als könnte ich dich schon gar nicht mehr entbehren.«

Dürenholz beugte sich vor und drückte ihm die Hand, antwortete aber darauf nicht.

Zwischen dem Pavillon und dem Hause befand sich eine elektrische Leitung. Adelheid drückte, ohne die Anweisung ihres Mannes abzuwarten, den Knopf. Nach wenigen Minuten erschien der Diener.

»Du führst wohl meine Frau ins Haus,« sagte Glauberg. »Ich will voran, um noch eine Flasche Wein zum Abschiedstrunk bereit zu stellen.«

»Nein, für mich nicht – gewiß nicht, Veit!« Er stand auf.

»Ei was! Wer weiß, ob ich bis morgen vorhalte. Wir müssen ein Glas aufs Wiedersehen trinken, wenn ich dich schon fortlasse. Das ist, denke ich, ein zwingendes *ergo* für dieses *bibamus.*«

Er gab Friedrich mit der Hand einen Wink, und der Fahrstuhl setzte sich um die Laubwand hin in Bewegung.

Das Knarren der Räder auf dem Kies war noch hörbar, als Adelheid auf Dürenholz zueilte und sich ihm stürmisch an die Brust warf. »Walther – Walther –!« jammerte sie, »was hab ich gethan!«

Er erbebte im Innersten. Nicht die Braut hielt er im Arm, sondern die Frau des Freundes. Und doch –! Dieser Unterschied galt jetzt nicht. Die Geliebte war's, die den Schmerz, ihn verloren zu haben, an seinem Herzen ausweinen wollte. Er legte die Arme um sie und zog sie an sich. Sein Mund küßte ihre Augen, aus denen die Thränen stürzten.

»Adelheid – meine liebe Adelheid –« flüsterte er, ihren Schmerz zu besänftigen, »wie konntest du ahnen –«

»Nein, nein!« fiel sie ihm ins Wort. »Ich hätte ausharren sollen, wie du mir befahlst. Ich hätte wissen müssen, daß ich gebunden war. Ich durfte nicht so jämmerlich verzagt…« Der Ton erstickte in der Kehle. Die übermenschliche Anstrengung, so viele Stunden lang den Strom des Gefühls einzudämmen, rächte sich durch einen unaufhaltsamen Ausbruch. Die Schuld, die auf ihr lastete, konnte nicht abgeworfen, aber bekannt werden. Er mußte wissen, daß sie ihn noch liebe, nie aufgehört habe, ihn zu lieben.

Walther versagte der Mut, sie abzuwehren. Nur wie eine leise Mahnung klang's: »Er erfuhr nicht –«

»Nein. Er erfuhr nicht, daß ich verlobt war, daß mein Herz … Was fragte er nach meinem Herzen? Wie eine Entheiligung des Heiligsten wäre mir's erschienen …. Und hätte ich ihm sagen können, daß ich dich nicht mehr liebte? Oder daß ich dich noch liebe und trotzdem … Aber von Liebe war ja zwischen uns gar nicht die Rede. Was ich ihm sein wollte und konnte – O, mein Gott, mein Gott!«

»Und ich verstand dich recht, daß er auch jetzt nicht –«

»Als ich dich wiedersah, Walther, so ganz unvermutet wiedersah – es fuhr mir wie ein Blitz ins Gehirn, ins Herz –: Nein, er darf nichts erfahren, jetzt gewiß nicht.« Sie schmiegte sich an ihn. »Dann hätte ich dich ja im Augenblick des Wiedersehens verloren gehabt!«

Er sah sie trostlos traurig an. »Und nun Adelheid – –?«

Sie verstand ihn und ließ die Arme sinken. »Liebst du mich nicht mehr?«

»Gerade weil ich dich liebe –«

»So laß uns dankbar sein auch für diese kurze Minute seligsten und schmerzlichsten Wiederfindens, Walther. Und nun – wir dürfen nicht vermißt werden. Lebe wohl!«

Noch ein langer Händedruck, mit abgewandtem Gesicht – dann ging er. Das Blut sprang ihm aus der Lippe, so fest drückte er die Zähne darauf, um sich an die Wirklichkeit zu erinnern.

»Wo ist meine Frau?« fragte Glauberg, als er allein ins Zimmer trat.

»Im Pavillon zurückgeblieben, wo sie noch etwas zu thun hatte,« antwortete er. »Ich habe schon von ihr Abschied genommen.«

»So, so! Also du willst wirklich –«

»Und sogleich.«

Glauberg deutete auf zwei grünglasige, mit vergoldeten Weinranken umsponnene Römer, die ihm schon vollgeschenkt zur Hand standen. »Also denn angestoßen und ausgetrunken! Weißt du noch? das sind die Gläser, die du mir beim Abgang von Heidelberg gestiftet hast.«

Dürenholz nickte und trank. »Ade, mein Alter!«

»Und beeile dich in Berlin!« rief Glauberg ihm nach. Er war schon zur Thür hinaus.

Wahrend der Eisenbahnfahrt hatte Dürenholz Zeit, das so wundersam Erlebte zu durchdenken.

Er behielt bei dem Zudrang der Reisenden in dieser Jahreszeit nicht einmal ein Sofa für sich allein, aber sein Nebenmann bekümmerte ihn so wenig als die gegenübersitzenden Personen, obgleich sie in lebhafter Unterhaltung begriffen waren. Er drückte sich in die Ecke, zog den Filzhut über die Stirn und schloß die Augen. Man konnte ihn für schlafend halten.

Das letzte Beisammensein im Gartenpavillon wirkte eine Weile rein beseligend nach. Es war, als ob Jahre von der Zeittafel ausgelöscht gewesen wären und er die Zärtlichkeiten des geliebten Mädchens genossen hätte, das er seine Braut nennen durfte, nach einer kurzen Trennung etwa – wie der letzten, als er zur Begegnung mit den Freunden ein paar Tage in Berlin gewesen war. Wie herzlich und glücklich hatte sie ihn nach der Rückkehr empfangen. Aber nein, nein! anders war's doch. Die drei Jahre lagen nun einmal dazwischen, und vieles sonst noch; und als Glauberg sie seine Frau nannte, war's ihm geschienen, als falle eine eiserne Wand zwischen sie, die keine menschliche Kraft heben könnte. Und beim ersten Alleinsein … Er hätte auch da nicht versucht, sie zu heben, aber für Adelheid war sie gar nicht da. Das war das Wundersamste. Sie hatte offenbar nur auf den Augenblick des Alleinseins gewartet, um jeden Zwang abzuwerfen. Und er … Er verlor nicht ganz die Besinnung, aber es war doch nicht die Frau des anderen, die er umarmte und küßte, sondern die ihm durch ein böses Geschick entrissene, jetzt wiedergegebene Braut. Und er empfand es wie ein großes Glück, daß sie ihn liebte wie je, und sein Herz schlug in Wonne an ihrem Herzen.

Aber sie war doch seine Braut nicht mehr. Es stand wirklich die eiserne Wand zwischen ihnen bis hoch zum Himmel hinan, und wenn sie im Rausch seligster Vergessenheit darüber hinwegfliegen und eine Minute lang einander in den Wolken fassen und halten konnten – sie mußten hinab, tief hinab bis auf die Erde, und da war keine offene Thür. Eine Thür vielleicht, aber eine mit ehernen Riegeln verschlossene.

Und davor hielt ein kranker Mann im Rollstuhl Wache, der sein Freund war. Er ließ sich doch nicht zur Seite schieben, und er durfte nicht einmal die Wahrheit erfahren. Durfte nicht? Adelheid hatte es so gewollt, besonnen oder unbesonnen, sie hatte es so gewollt, und es war daran nichts mehr zu ändern. Aber wie häßlich, daß der Freund getäuscht werden mußte!

Er quälte sich mit schweren Vorwürfen. Wenn er Adelheid nicht aufgegeben hatte, warum ließ er ihr keine Nachricht über sich zugehen, nicht einmal aus Amerika? War der Oberstleutnant nicht ein alter Mann, dem leicht etwas zustoßen konnte? Und stand dann nicht der Weg zu ihr offen? Hatte er nicht mit der Möglichkeit dieses Todesfalls auch weiter rechnen müssen, wie er damit beim Abschied gerechnet hatte? Und warum vertraute er sich, als er Schiffbruch erlitten hatte, nicht dem Freunde an, wär's auch nur gewesen, um ihm mitzuteilen, daß er Wort gehalten habe und die Folgen tragen müsse? Warum hatte er nicht damals bei der Zusammenkunft der Freunde von seiner Braut mehr gesprochen? Warum Adelheid nicht die Namen seiner ihr freilich ganz unbekannten Universitätsfreunde eingeprägt? Was wirft man sich nicht vor, wenn man nachträglich klar überblickt, welche Umstände zu einem unglücklichen Ergebnis mitgewirkt haben?

Das unglückliche Ergebnis war da; es mußte dazu Stellung genommen werden. Und ein Bedenken gab es da kaum. Wie auch das Herz blutete.

Als er in seinem Hotel anlangte, war er mit sich ganz einig, was zu thun sei. Aber er ließ noch die Nacht hingehen – eine von unruhigen Träumen verstörte Nacht – ehe er handelte. Sein Entschluß sollte nicht übereilt werden. Er festigte sich am Morgen noch mehr. Und so schrieb er: »Mein lieber Freund und Bruder! Erwarte mich nicht. Ich habe mir's reiflich überlegt und bin nach gewissenhafter Prüfung aller Umstände zu dem Schluß gelangt, daß ich mich in diesen drei Jahren doch zu sehr den heimischen Dingen entfremdet habe, um mir die Leitung, sei es auch nur im Hintertreffen, anmaßen zu dürfen. Du glaubst nicht, wie schnell man diesem engen Gesichtskreise entwächst und die Welt mit großen Schritten zu messen lernt, wenn man einmal die volle Freiheit der Bewegung gekostet hat. Ich täuschte mich über mich selbst, wenn ich meinte, mich in der alten Heimat wieder einleben zu können. Mir waren hier schon, wo der Pulsschlag der Zeit doch am merklichsten ist, mancherlei Zweifel gekommen. Aber die besondere Probe wollte angestellt sein. Und nun weiß ich ganz bestimmt, daß ich nicht mehr der Mann bin, an einem kleinen Orte eine Zeitung zu redigieren, deren Wirkungskreis ein beschränkter ist und bei allen Bemühungen nur wenig erweitert werden könnte. Diese Einsicht würde mir weniger schmerzlich sein, wenn ich nicht, für mich sehr überraschend, den lieben Freund gefunden hätte, dessen herzliches Entgegenkommen mein Urteil befangen machen mußte. Erweist sich nun aber auch die Lockung, dauernd seinen Umgang genießen zu können, heute nicht mehr stark genug, meine Zweifel zu beschwichtigen, so wirst du einsehen, Bester, daß etwas Unüberwindliches mich abhält. Ich gehe wieder nach Amerika zurück, wo ich nun schon hätte verschollen bleiben sollen, und schreibe dir von dort. Wir dürfen nicht nochmals unsere Spur gänzlich verlieren! Diese neue Trennung wird, davon bin ich überzeugt, unserer alten, festgewurzelten Freundschaft keinen Eintrag thun, und im Geschäft verlierst du durch meine Absage, wie ich nun einmal beschaffen bin, nichts. Empfiehl mich deiner treuen Pflegerin und lebe, wenn nicht wohl, so doch so wohl, als ihre Sorge es dir wünscht und schaffen kann. In brüderlicher Ergebenheit, vielleicht noch viel aufrichtiger, als du denkst, dein – Walther Dürenholz.«

Er gab diesen Brief sogleich zur Post. Wahrscheinlich würde Glauberg antworten, seinen Rückzug nicht gelten lassen wollen, gegen seine Einwendungen die besten Gründe ins Feld führen. Aber er war schon im voraus entschlossen, ihm von Berlin aus keine Zeile weiter zu schreiben. Daß Adelheid nichts anderes erwartet habe, als diesen Schritt, und auch sein weiteres Schweigen verstehen werde, war ihm eine beruhigende Gewißheit.

Am nächsten Vormittage, als er nach Besorgung einiger Einkäufe mit einem Brief beschäftigt war, der ihn jenseit des großen Wassers anmelden sollte, kam der Zimmerkellner, ihn zu benachrichtigen, daß eine Dame ihn zu sprechen wünsche. Sie habe ihm keine Karte gegeben, auch ihren Namen so undeutlich genannt, daß er ihn auf der Treppe wieder vergessen habe.

Dürenholz vermochte sich zwar nicht zu erinnern, zu einer Dame in irgend welche Beziehungen getreten zu sein, die einen Besuch hätten veranlassen können. Das war aber gleichgültig. Er ließ bitten, einzutreten.

Die Dame habe gewünscht, ihn im Salon zu sprechen, hieß es nun. Dorthin sei sie auch schon gewiesen worden.

»Gut also, ich werde hinabkommen,« beschied Dürenholz den Kellner, vollendete den angefangenen Satz und schloß die Papiere in die Schieblade des Schreibtisches ein.

Kaum hatte er, in den Salon getreten, mit einem flüchtigen Blick die einzige darin befindliche Person gemustert, als er zurückprallte und unweit der Thür stehen blieb. »Adelheid –!«

Sie legte das Journal, das sie in der Hand hielt, zu den übrigen auf die Marmorplatte des Tisches, stand auf und ging ihm entgegen. Sie war in Hut und Schleier; ein Mäntelchen und eine kleine Reisetasche lagen auf dem andern Stuhl. Sie sah wie vom Gange erhitzt aus und senkte die Augen, als sie in seine Nähe kam. »Sie wundern sich, mich hier zu sehen,« sagte sie, indem sie sich bemühte, zu lächeln. »Ich habe es nicht anders erwarten können. Wollen Sie mich gütig anhören?«

Er hatte ihre Hand genommen und an die Lippen geführt. Nun verwunderte die feierliche Anrede ihn aufs neue. »Sind wir einander in diesen zwei Tagen wieder so fremd geworden,« fragte er mit zitternder Stimme, »daß nicht mehr unter uns die alten Formen des Verkehrs –«

»Es wird gut sein,« unterbrach sie, »wenn wir uns an die noch älteren zurückgewöhnen, die uns doch nicht hinderten, gegeneinander sehr freundschaftliche Gesinnungen zu hegen – wenigstens für das, was mich zu Ihnen führt, wird es gut sein.«

Er geleitete sie nach dem Ecksofa und setzte sich ihr gegenüber auf einen Sessel. »Ich füge mich,« sagte er seufzend. »Wie konnte ich auch nur einen Augenblick mir einbilden...« Er rückte sich in den Schultern aufrecht. »Sprechen Sie! Ist etwas geschehen – mit Glauberg –? Es muß etwas geschehen sein, daß Sie diese Reise – und zu mir...«

»Ihr Brief hat Unheil angerichtet. Er kam Ihrem Freunde so ganz unvermutet mit diesem Inhalt, daß er sich aufs furchtbarste aufregte und einen Krampfanfall erlitt, wie er zum Glück selten so heftig und lange andauernd ist.«

»Aber der Brief mußte doch geschrieben werden.«

»Mußte er?« fragte sie nach einer Weile stillen Nachdenkens sehr leise.

Er blickte sie erstaunt an. »Ja, konntest du – konnten Sie denn einen anderen Ausweg als möglich denken, Adelheid?«

»Vorgestern beim Abschied nicht. Heute ...Ich wäre nicht hier, wenn ich nicht geschwankt hätte. Es war vielleicht nicht gut, daß ich schwankte. Aber...«

»Erklären Sie mir –«

»Lieber Walther – Glauberg schickt mich zu Ihnen. Bedenken Sie, wie unglücklich er sich fühlte, wie froh ihn plötzlich Ihr Besuch stimmte, welche Hoffnungen für die Zukunft sich daran knüpften, wie sicher er war, daß er den Freund nun immer zur Seite haben werde, den Mann seines vollsten Vertrauens, die festeste Stütze in aller Not – und nun Ihr Absagebrief! Die Enttäuschung war zu schmerzlich. Ich sagte Ihnen schon, daß sie ihn ganz niederwarf. Seine Nerven sind so leicht erregbar – diesmal glaubte ich eine Weile, sie wären zerrissen. Als er dann zu sich gekommen war – er bleibt nach solchen Zufällen immer einige Zeit im Zustande der Bewußtlosigkeit – sprach er mit mir über den Brief. Er könne nicht glauben, daß der Grund, den Sie vorgegeben hätten, ernstgemeint sei. Zwar daran lasse sich ja nicht zweifeln, daß einem, der mehrere Jahre lang in dem öffentlichen Leben einer großen amerikanischen Stadt gestanden und in dem riesenhaften Getriebe der dortigen Zeitungspresse mitgewirkt habe, unser Verkehrstreiben still und lahm erscheinen müsse und die Leitung eines Provinzialblattes keinen Ersatz bieten könne. Aber das alles hätten Sie gewußt, als Sie zu uns kamen, und es sei undenkbar, daß Sie in den wenigen Stunden Ihres Besuchs Erfahrungen hätten sammeln können, die Ihre Neigung in Abneigung verkehrten. Ja, wenn Sie ein paar Monate versucht hätten, sich in die Enge unserer Verhältnisse zu finden, und dann Ihren Irrtum einsähen, das würde sich begreifen lassen. Aber so von heute zu morgen und ohne auch nur eine Minute lang am Redaktionstisch gesessen zu haben – das widerlege sich selbst.«

Dürenholz hatte unruhig mit den Fingern auf seinen Knieen gehämmert. »Aber welchen Grund konnte er für den richtigen halten, wenn er nicht –«

»Den allerunrichtigsten gewiß,« fiel Adelheid ein. »Er suchte ihn in sich, in seiner Krankheit.«

»O – oh!«

»Sein Leiden hätte sicher einen so abstoßenden Eindruck gemacht, und die Aussicht, ihm öfter Gesellschaft leisten zu sollen, wäre Ihnen so widerwärtig erschienen, daß Sie sogleich beschlossen hätten, sich zurückzuziehen. Und dann freilich hätten Sie, um ihn nicht als Freund zu verletzen, erklären müssen, daß Sie überhaupt nicht in Deutschland bleiben, sondern sofort nach Amerika zurückwollten.«

»Aber wie konnte er glauben –?«

»Der Verdacht lag doch nicht so fern. Und ein Kranker, der selbst so stark sein Elend fühlt ... Aber Sie sehen ein, lieber Walther, daß ich bemüht sein mußte, ihn von dieser Vorstellung abzubringen. Wie er mir Sie geschildert hätte, wie ich selbst Sie brüderlich um ihn besorgt gesehen hätte, könnten Sie einer so unedlen Regung gar nicht fähig sein. Ja, was dann – was dann? Er erregte in seiner gänzlichen Fassungslosigkeit mein tiefstes Mitleid!«

Walther ergriff ihre Hand und drückte sie wiederholt. »Ich glaub's, ich glaub's. Wer deine Engelsgüte kennt –«

»Davon sprich nicht,« fiel sie rasch ein. »Ich dachte so viel an dich als an ihn. – Aber wir vergessen uns. Ich wollte berichten. Er wurde etwas ruhiger, ohne doch aufzuhören, weiter zu grübeln. Ich sah eine schlimme Nacht voraus. Da rief er mich am Abend zu sich und sagte: ›Ich könnte an ihn schreiben, aber es würde nichts nützen. Wo kann man auch den Hebel richtig ansetzen, wenn man so im Dunkeln tappt. Das, meinst du, ist's nicht, und deine Gründe sind gute; aber das andere ist's auch nicht. Und einen vernünftigen Satz brächte ich gar nicht aus der Feder. Es müßte jemand mit ihm sprechen, der mich lieb hat und weiß, was er mir gilt. Ich habe an Holm gedacht, aber zu dem hat er gewiß kein Vertrauen. Und wer sonst...‹ Da sah er mich mit seinen guten traurigen Augen lange prüfend an, ob er's wagen dürfe. ›Du wärst der einzige Mensch, der's richtig anzufangen wüßte, Adelheid,‹ stieß er endlich heraus. Und da hatte ich mich nun zu entscheiden.«

»Da hattest du dich – zu entscheiden,« sprach Walther leise vor sich hin.

»Es gab ja ein Mittel,« fuhr sie fort, »ihn zu überzeugen, daß mein Gang zu Ihnen, daß Ihre Rückkehr unmöglich sei, aber – es würde ihn getötet, haben. Jeden anderen Weigerungsgrund hätte er nicht gelten lassen. Für ihn handelte es sich doch nur um die geringe Mühe einer kurzen Reise und um eine vielleicht für eine Frau etwas peinliche Verhandlung mit einem ihr fremden Herrn. Wenn ich nicht *so* viel für ihn that...«

»Ich begreife nun –« sagte Walther nach einer Weile. »Deshalb sind Sie hier. Es mußte ja so sein. Weiter aber – Sie wissen so gut wie ich, daß Ihre Mission den von Glauberg gewünschten Erfolg nicht haben darf. Fort alle Verstellung, als könnten wir uns einander künstlich entfremden, Adelheid. Es mag sein, daß ich deine Liebe nicht verdiene, da ich mutlos oder zu gewissenhaft versäumte, dir den Weg zu mir offenzuhalten, aber – du liebst mich, daran ist kein Zweifel möglich, und ich ... Was nützt es, daß ich dir's nicht sage? Ich kann nicht aufhören, dich zu lieben.«

Ihr Gesicht verklärte sich, während sie die Augen schloß und den Kopf zurückbeugte. »Wie dürfte ich es anders wollen?« hauchte sie. »Und ich trage die Schuld, ich allein – wenn da von Schuld gesprochen werden darf. Aber was hindert uns, einander treu im Herzen –«

»Adelheid!« fuhr er erschreckt auf. »Du kannst mir raten...«

Sie schüttelte den Kopf, jetzt wieder ganz frei ausschauend. »Das maße ich mir nicht an. Es kann in solchem Fall eigentlich kein Mensch dem anderen raten. Jeder muß sich selbst prüfen, wofür er einstehen kann.«

»Und du würdest dir zutrauen –«

»Sehr glücklich sein zu können, wenn ich den geliebten Mann in meiner Nähe wüßte, wenn ich ihn täglich sehen, seine Stimme vernehmen, zu ihm sprechen dürfte. Er wäre mir der liebste Freund auf Erden!«

»Ein Freund!«

»Ja – damit ist alles gesagt. Ich glaube, daß ich die Festigkeit haben würde, mein wärmeres Gefühl streng im Zaume zu halten. Ich würde keine Pflicht zu verletzen brauchen –«

»Keine Pflicht?«

»Keine. Die zwingendste wäre doch die gegen den Mann, dem ich mich zugelobt habe. Aber unser Abkommen war ganz klar. Er wollte die geschickte, mitleidige und nicht ungebildete Krankenpflegerin an sich fesseln, und ich reichte ihm darauf die Hand. Er selbst wird es nicht anders sagen können.«

»Er hat es nicht anders gesagt. Aber täusche dich nicht – jetzt *liebt* er seine Frau.«

Sie lächelte, zur Erde blickend. »Er ist ein guter Mensch und mir sehr dankbar. Wenn aber wirklich eine tiefere Neigung ... Der arme Kranke! Er verlangt nicht, daß ich sie erwidere – er weiß, daß ich ihm nichts sein kann, als was ich ihm versprochen habe, zu sein. Er kann das freundschaftliche Gefühl, das ich für ihn hege, ohne Eifersucht mit jedem teilen – und auch der, dem ich es neben ihm zuwende, könnte es annehmen, ohne eifersüchtig auf die herzliche Ergebenheit zu sein, die den Unglücklichen erfreut.«

»Das *freundschaftliche* Gefühl –!« betonte er bitter.

»Kein anderes dürfte in die Erscheinung treten,« entgegnete sie sehr ernst. »Da ist der Punkt, Liebster, bei dem sich unser einiger Wille begegnen müßte.« Sie ergriff seine Hand und schüttelte sie, wie ihn zu wecken. »Trautest du dir nicht die Kraft zu, in dich verschließen zu können, was außer uns beiden niemand wissen darf, und selbst mir gegenüber das Geheimnis unverbrüchlich zu wahren, als wäre ich nicht schon dein Mitwisser, so könnte ich dir nur zurufen: Komm nicht, setze wieder Länder und Meere zwischen uns, kränke den Freund durch deine Abkehr von ihm! Ich werde ihm berichten, daß meine Bitten vergeblich gewesen sind, und er wird sich fügen müssen.«

Walther drückte die Faust gegen seine Stirn. »Es ist eine unmenschliche Zumutung,« stöhnte er. Er sprang auf, jagte durch den Salon bis in dessen fernste Ecke, stand ein paar Minuten abgewendet. Dann zog es ihn doch wieder zu ihr. »Aber was du kannst, das kann auch ich – das muß ich können,« rief er. »Ich will's versuchen.«

»Nehmen Sie sich Bedenkzeit, Walther, lassen Sie mich erst wieder abreisen –«

»Nein, nein! Das ist, oder ist nicht. Ich fürchtete ja nur, daß ich dich peinigte, wenn ich nicht den Mut fände, mich von dir zu trennen. Aber was du uns ansinnst, fordert größeren Mut. Ich will an mich glauben, wie ich an dich glaube.«

Er reichte ihr die Hand. »Es soll so sein, wie du es bestimmst, Adelheid – ich komme!«

Sie zögerte einzuschlagen. Wie sie ihm ins Auge sah, schien sie im Grunde seiner Seele lesen zu wollen. Er glaubte wirklich an seine Stärke – das mochte ihr herausleuchten. So legte sie denn langsam ihre Rechte in die seine. »Von diesem Handschlag ab Freunde.« »Von diesem Handschlag ab,« wiederholte er zuversichtlich.

Es traten Hotelgäste in den Salon und ließen sich an einem der Tische nieder. Sie sprachen laut miteinander, freilich was alle Welt hören konnte.

»Speisen wir zusammen?« fragte Walther. »Sie haben noch ein paar Stunden Zeit bis zum Abgang des Zuges, gnädige Frau.«

Sie schüttelte den Kopf. »Ich wollte auf dem Bahnhof –«

»Aber das haben Sie ja angenehmer in irgend einem Gartenrestaurant nicht weit davon. Wenn ich Sie dorthin führen darf –«

»Ich habe auch versprochen, zu telegraphieren, falls eine gute Nachricht ... Sie können sich seine Ungeduld vorstellen.«

»Das überlassen Sie jetzt mir. Ein Postamt befindet sich in dieser Straße. Wir gehen vorbei.«

»Sie sollten meinetwegen aber doch nicht –«

Er lächelte trübe. »Es ist eine gute Vorübung. Wenn Sie sich also nur zwei Minuten gedulden wollen – ich hole meinen Hut.«

»Ich möchte vorangehen. Rechts oder links?«

»Rechts.«

Er holte sie bald ein.

Der Sommer war im Scheiden. Das Blattwerk des wilden Weins vor dem Pavillon färbte sich schon rot, und dem Gärtner wollte es nicht mehr gelingen, die Kieswege des Gartens von dem gelben Falllaub dauernd gesäubert zu halten. Der Kranke empfand jeden warmen Tag, den noch der Himmel schenkte, als ein Labsal; meist aber mußte er schon früh vor Abend ins Haus gebracht werden.

Sein Zustand hatte sich, seit Dürenholz täglich sich nach seinem Befinden zu erkundigen kam, ein wenig gebessert. Doch blieb er noch traurig genug. Die Krampfzufälle waren seltener eingetreten und rascher vorübergegangen; er konnte sich eine Weile aufrecht halten, wenn er sich auch nur mit der linken Hand auf den Krückstock stützte, und er ging am Arm des Freundes eine Anzahl Schritte, den Schmerz verbeißend. Wind und Regenwetter spürte er schon den Tag vorher in den Gliedern. Wenn er zu sonst nichts mehr tauglich sei, scherzte er, werde er sich vom Magistrat als Barometer anstellen lassen.

Dürenholz war sogleich nach seiner Ankunft in die Redaktion eingetreten. Es freute ihn, viel Beschäftigung zu finden, um möglichst wenig freie Zeit zu haben, die er in der Villa hätte verbringen müssen, und er schaffte sie sich, wenn sie bei seiner raschen Art zu arbeiten doch fehlte. In dem alten Schlendrian wollte er nicht fortredigieren. Es sollte täglich zweimal der Bogen nicht nur notdürftig mit allerhand Scheerenabschnitten aus anderen Zeitungen und den zufälligen Eingängen der abonnierten politischen und Feuilleton-Korrespondenzen gefüllt werden, sondern das Blatt seine besondere Physiognomie erhalten. Gegen das Geschäftsprinzip, Farblosigkeit zu bewahren, solange eine bestimmte Parteistellung Anstoß erregen könnte, oder chamäleonartig zu wechseln, um bald dem einen, bald dem anderen Teil des Leserkreises gefällig zu sein, kämpfte er, von Glauberg immer freundlich unterstützt, mit gutem Erfolg. In der Anordnung des Stoffes und in der Methode, die Übersicht zu erleichtern, folgte er seinen amerikanischen Lehrmeistern und gab damit dem Publikum etwas Neues, wofür es dankbar war. Die Leitartikel wurden anregender, und die redaktionellen Anmerkungen überall bewiesen, daß man die Polemik nicht scheute. Es kam schon vor, daß die großen Parteiblätter von solchen Äußerungen Notiz nahmen und sie mit Angabe der Quelle nachdruckten. Die Befürchtung Holms, daß man Abonnenten verlieren werde, ging nicht in Erfüllung; im Gegenteil erfolgten fortwährend Nachbestellungen. Es ließ sich hoffen, bei rüstigem Fortschreiten ein sehr beachtenswertes Organ der öffentlichen Meinung mindestens für die Provinz zu schaffen.

Mit dem Herrn Chefredakteur gestaltete sich der Verkehr, nachdem die anfänglichen Reibungen überwunden waren, ganz freundlich. Holm war träge und hatte gar nichts dagegen, daß Dürenholz den größten Teil seiner Arbeit mit übernahm. Nur durfte bei dem Personal und weiter bei den Freunden in der Stadt der Schein nicht getrübt werden, daß er der eigentliche Leiter sei. Dürenholz behandelte ihn, sobald er ihm erst den festen Willen gezeigt hatte, sich durch Empfindlichkeiten nicht beirren zu lassen, sehr rücksichtsvoll und that keinen entscheidenden Schritt, ohne vorher mit ihm konferiert zu haben. Es sah nun so aus, als ob seine Zustimmung gefordert würde. Glauberg hatte ihn richtig beurteilt: er war klug genug, die Überlegenheit seines Mitarbeiters einzusehen und es auf eine ernstliche Kraftprobe gar nicht ankommen zu lassen.

Doktor Haring suchte Dürenholz sich heranzuziehen. Er war recht brauchbar, wenn ihm die Richtung seiner Thätigkeit fest vorgezeichnet und zu große Pünktlichkeit von ihm nicht beansprucht wurde. Dürenholz hatte nach dem Artikel in der Duellfrage gehofft, in ihm einen Gesinnungs- und Streitgenossen von selbständiger Haltung anzutreffen. Das war ein Irrtum gewesen. Der junge Mann hatte, als er ihm seine Anerkennung dafür aussprach, geschmunzelt und gesagt: »Ja, sehen Sie, der Spektakel war wieder einmal groß wegen des dummen Vorfalls, und unser Philister forderte etwas zum Auftrumpfen. Da hab ich ihm das geschrieben. Prinzipiell bin ich ja natürlich auch gegen das Duell, aber für das praktische Handeln behalte ich mir die volle Freiheit der Entscheidung je nach Umständen vor. Ich schreibe gegen das Duell, um dazu beizutragen„ daß vernünftige Anschauungen die Herrschaft erlangen. Solange aber das Vorurteil noch nicht ausgerottet ist, wäre ich ein Narr, mich persönlich zu opfern und einen Schimpf auf mir sitzen zu lassen. Ich will keinem raten, mich schief anzusehen, solange das noch für eine Beleidigung gilt.« Es war anzunehmen, daß er sehr gut wußte, was Dürenholz erlebt hatte, und sich absichtlich so scharf aussprach, um gleich gegen ihn sehr bestimmt Stellung zu nehmen. Das konnte jedoch auf sich beruhen bleiben. Dürenholz ließ sich auf einen Redekampf mit ihm gar nicht ein und gab ihm auch später keine Gelegenheit, seine Bravour zu beweisen. Es war etwas in seiner Haltung, was Achtung abforderte, und der Doktor merkte zu gut, daß er von ihm viel lernen könnte, um sich nicht willig unterzuordnen.

So viele Stunden des Tages Dürenholz aber auch seinen amtlichen Geschäften widmete, er behielt immer zur Erfüllung seiner Freundespflicht mehr Zeit übrig, als ihm lieb sein durfte, wenn er Adelheid bedachte. Er war regelmäßiger Mittagstischgast. Das hatte Glauberg sich gleich anfangs so ausbedungen. Auch der fleißigste Arbeiter müsse zu Mittag essen, hatte er gemeint, und es werde Walther doch wohl besser bei ihm als im Gasthause schmecken. Er werde auch ein bequemes Sofa finden, die gewohnte Cigarre zu rauchen oder ein kurzes Schläfchen zu halten. Dagegen war gar nicht zu reden gewesen. Aber es verging auch selten ein Abend, an dem Dürenholz nicht zu einem Spiel Karten und einer Partie Schach fest eingeladen war, oder vom Diener manchmal noch spät abgeholt wurde, da der Herr »so großes Verlangen« nach ihm habe. Mitunter waren auch noch andere Gäste da, Holm mit seiner Frau und Leute ihrer eigenen Bekanntschaft, die sie eingeführt hatten, aber meist fand er da sonst niemand in der Villa als das Glaubergsche Ehepaar.

Namentlich bei Tisch hatte er Adelheid in nächster Nähe. Er saß ihr gegenüber und mußte ihr in die Augen sehen, wenn er von seinem Gedeck aufblickte. Sie beteiligte sich gern beim Gespräch, wenn es nicht gar zu politisch wurde, und er mußte dann das Wort so oft an sie als an Veit richten. Anfangs hatten ihr manchmal die Wangen geglüht und die Augenwimpern geflimmert, als ob sie zu hastig Wein getrunken hätte, während doch ihr Glas unberührt stand. Dann wurde ihm selbst heiß, und er glaubte den Schweiß aus allen Poren der Stirn perlen zu fühlen. Es war ein Zeichen, daß sie dieselben Gedanken hatten, weitab von dem Inhalt des Gesprächs, und beide doch genau dieselben Gedanken. Das geschah seltener und seltener, je besser sie sich in ihre sonderbare Lage hineingewöhnten, und je freier der Ton der Unterhaltung auch unter ihnen wurde. Es mußte nun schon zufällig die Rede auf irgend etwas kommen, wozu sich ein Anklang in ihrem gleichgestimmten seelischen Empfinden fand.

Einmal versah es Glauberg unwissentlich schwer. Er fragte, ob Walther nicht ans Heiraten denke. Der suchte abzulenken, indem er kurz daran erinnerte, daß er ja eine Braut gehabt habe, von der er sich trennen mußte. Er könne sie nicht vergessen. Aber Glauberg ließ nicht nach. »Ich wundere mich dann doch,« sagte er, »daß du dich ihr nicht wieder zu nähern versuchst. Ich glaube, du weißt nicht einmal, ob sie noch zu haben wäre. Der Alte mag ja ein sehr wunderlicher Kauz sein; die Jahre mildern aber oft so überstrenge Gesinnungen, und deine Lebensstellung ist ja auch jetzt eine total andere. Oder hast du deine Absicht ganz aufgegeben?« Adelheid war bleich wie das Tischtuch geworden und schnell aufgestanden, um sich der Beobachtung zu entziehen. Sie hatte sich einer Ohnmacht nahe gefühlt und sich im anderen Zimmer erst ausweinen müssen. Durch den Diener ließ sie hineinsagen, sie sei plötzlich von einem Unwohlsein befallen und bäte die Herren, auf sie nicht zu warten. Sie habe in der Nacht schlecht geschlafen, entschuldigte Glauberg, da sie ihm ein paarmal habe beistehen müssen. Es war ihm ganz begreiflich, daß der Freund sich beunruhigte, aber den Kaffee werde ihnen Adelheid wahrscheinlich schon wieder selbst besorgen können. Und so war's auch geschehen. Sie hatte große Macht über sich. Das verfängliche Gespräch war nicht wieder aufgenommen.

Wenn Dürenholz am Abend kam, war man an schönen Sommertagen gewöhnlich im Garten zusammen. Er fuhr den Kranken herum, und dann saß man im Pavillon bei der Lampe. Als die Witterung kühler wurde, mußte man früher ins Zimmer hinein oder gleich darin bleiben. Adelheid ließ die Freunde so viel miteinander allein, als ohne Auffälligkeit möglich schien. Es kam öfter vor, daß sie ausging, um ihre Schwägerin oder irgend eine bekannte Dame zu besuchen. Sie könne das jetzt wohl haben, bemerkte sie ihrem Manne, da sie ihn unter bester Aufsicht wisse. Das mußte er bestätigen. War sie aber zu Hause, so hatte er's nicht gern, wenn sie im anderen Zimmer arbeitete oder sich mit Lektüre beschäftigte. Sie könne sich ja mit ihrer Näherei oder dem Buch auch zu den Männern setzen, wenn sie schon nicht an einem Kartenspiel teilnehmen wolle. Es sehe sonst so aus, als ob ihr's nicht lieb sei, daß er Besuch habe, oder als fühle sie sich nicht zugehörig. Sein Freund solle wissen, daß er auch ihr willkommen sei.

Überhaupt konnte er das Verhältnis zwischen beiden sich gar nicht freundschaftlich genug gestalten sehen. Es war ihm Bedürfnis, gleichsam nachzuhelfen, den Ton darauf zu stimmen, daß die rechte Harmonie herauskäme. Sie gingen nach seinem Geschmack miteinander noch immer zu ernst, zu feierlich um. Als befänden sie sich in großer Gesellschaft! Als zögen sie die Handschuhe gar nicht aus! »Euch beide müßte man eigentlich darauf stoßen, Brüderschaft zu trinken,« sagte er einmal, als sie ihm wieder zu förmlich ihre Meinungen auszutauschen schienen. »Meines Freundes Freunde sind meine Freunde.«

»Hier trifft's wirklich zu,« antwortete Walther, »ich hoffe, das wird auch Frau Adelheid bestätigen; laß uns nur unsere Art haben, das Du brächte uns nicht näher zusammen.«

Wie er es meinte, konnte Glauberg freilich nicht verstehen. Ihm fehlte »zur vollen Gemütlichkeit« etwas – »eine ganze Kleinigkeit«. Die würde sich mit der Zeit noch dazufinden, tröstete er sich. »Drei solche Kerle wie wir –! Ha, ha, ha!«

Er hatte zum Freunde das unbedingte Vertrauen, daß er seiner Frau wegen ganz ruhig sein könne. Es kam ihm gar nicht einmal in den Sinn, da sei irgend eine Gefahr denkbar.

Jetzt an den längeren Abenden lasen sie viel zusammen. Walther las vor, meist Philosophisches, worüber man sich, im Bemühen, zum klaren Verständnis durchzudringen, tüchtig die Köpfe zerbrechen konnte, aber auch Abhandlungen populärwissenschaftlichen Inhalts, mitunter einen Akt Shakespeare »zur Belohnung«. Er las sehr gut und konnte mit dem Dichter leidenschaftlich werden. Wenn er so die Augen auf das Buch geheftet und sich in den Gegenstand ganz vertieft hatte, blickte Adelheid gern von ihrer Arbeit auf, um ihn anzuschauen. Vielleicht hörte sie dann doch nicht so gut zu, als Glauberg meinte.

Aber soviel sie auch zusammen waren, allein miteinander waren sie doch sehr selten und dann nur für die kürzeste Zeit; das machte sich so ganz von selbst. Glauberg war an seinen Stuhl gefesselt und fesselte dadurch auch den Gast an ihn. Mit einer gewissen Bewegungsfreiheit allerdings. Aber doch kaum über das Zimmer hinaus, in dem er sich gerade aufhielt. Er war immer zu Hause, und die Besuche galten ihm, konnten nur ihm gellen. Adelheid kam nur dazu. Sie begrüßte den Freund in ihres Mannes Gegenwart, und so verabschiedete er sich auch von ihr. Wenn Glauberg im Garten war, konnte es wohl geschehen, daß Dürenholz in einem der Zimmer, durch die der Weg nach dem Balkon führte, ihr begegnete. Aber der Kranke hatte ein so feines Ohr, daß er, besonders wenn er es darauf spitzte, im Pavillon die Hausglocke anschlagen hörte und genau berechnen konnte, wie lange Zeit der Ankömmling bis zu ihm brauchte. Diese Begegnungen ließen sich auch fast immer vermeiden. Und überhaupt – es hatte sich ja wohl allenfalls so einrichten lassen, daß man ein schnelles Wort unter vier Augen sprechen konnte; aber es ließ sich noch viel leichter so einrichten, daß man die seltenen Gelegenheiten dazu vermied. Es war durchaus nichts Auffälliges dabei.

Walther gab sich auch die redlichste Mühe, diesen aus den Umständen selbst folgenden Zwang wohlthätig und erfreulich zu finden. Wie sehr erleichterte es ihm die schwere Aufgabe, die Adelheid ihm gestellt hatte! Er konnte ihretwegen ganz ruhig sein, und sie fühlte sich augenscheinlich auch sehr sicher. Seine anfänglichen Bedenken, ob ihr Rat gut gewesen sei, verflüchtigten sich mehr und mehr. Wie sie ihn gegeben hatte und selbst befolgte, bezog sich ja die Heimlichkeit zwischen ihnen einzig und allein auf eine fernliegende Thatsache, die

Glauberg wirklich nicht zu wissen brauchte. Zwar war er noch immer der Meinung, es wäre besser gewesen, wenn gleich das erste zufällige Begegnen zu einer Aussprache geführt hätte, was auch weiter daraus gefolgt wäre, und es gab sogar Augenblicke, in denen er nicht zweifelte, der Freund würde besonders edel gehandelt und Adelheid freigegeben haben. Das war aber nun gleichgültig. Hic Rhodus, hic salta!

Wäre Adelheid nur nicht so schön gewesen und sein Blut nicht so heiß! Was er auch dagegen that, er behielt das unbehagliche Gefühl, dazu verdammt zu sein, eine Komödie zu spielen. Er spielte sie für Glauberg gut genug, vielleicht auch für Adelheid. Aber für sich selbst...? Und das war eben das Widerwärtige, daß er sie auch für sich selbst spielen sollte – so natürlich, als wär's keine. Erst wenn ihm das gelang, durfte er mit sich zufrieden sein. Und wenn es ihm wirklich gelang – ? Ja, dann war auch seine Liebe ausgelöscht. Konnte Adelheid das wollen? Und empfand sie anders als er? Oder hatte sie kühleres Blut? War sie – eine bessere Komödiantin? Das fing ihn an zu beängstigen. Nachdem diese Windstille nun Monate angedauert hatte, fühlte er die Sehnsucht nach einem erquickenden Luftzuge. Es war ihm, als ob er ersticken müßte, wenn er die Brust noch länger einschnürte. Nur von Zeit zu Zeit einmal frei atmen –!

Die Anspannung der Kräfte ließ nach. Er wollte nicht mehr jeden Augenblick gegen sich auf der Hut sein, nicht jede menschliche Regung gewaltsam niederdrücken. Wenn er Adelheid ansah, warum sollte er vergessen müssen, daß ein Blick aus diesen schönen und tiefen Augen ihn beseligt hatte? Wenn er beim Kommen oder Gehen ihre Hand drückte, warum sollte das nur der übliche Gruß unter guten Freunden sein müssen? Wenn er zu ihr sprach, warum brauchte er Wortfügungen zu vermeiden, die ihr ein besonderes Verständnis haben konnten, ihr und keinem anderen? Was sollte sie von ihm denken, wenn er sich äußerlich so geduldig fügte und ihr nicht einmal heimlich zu verstehen gab, daß das alte Feuer noch fortbrannte! Und auf irgend ein Zeichen ihrer fortdauernden Neigung hatte er doch wohl nach langer Entbehrung gerechten Anspruch!

Nachdem das so eine Weile durchgeträumt war, schwand mehr und mehr die Zaghaftigkeit, es in lebendige Einwirkung umzusetzen. Es giebt ein seelisches Anblicken, bei dem Gedanken und Empfindungen ohne Worte übertragen werden; es läßt sich »in den Augen lesen«, in die Augen »das Herz legen«; zwei können einander durch die »Augensprache« verstehen. Walther brachte einmal die Rede darauf, als von Hypnose und Spiritismus gesprochen wurde; Adelheid war aufmerksam gemacht und schien zu erschrecken, als ihr so ein Blick das Geständnis übermittelte: Ich liebe dich mit allen Gluten meines armen gepeinigten Herzens. Und der nächste wieder bat so wehmütig: Erschrick nicht, Liebste, sondern antworte mir! Ich kann nicht leben, wenn du schweigst.

Sie errötete und sah fort. Sie wollte zürnen und konnte doch nicht. Sie antwortete mit einem Blick der Abwehr und fühlte doch das Herz wonnig schlagen. Den ganzen Abend konnte sie den früheren Gleichmut nicht wiedergewinnen.

Seitdem machte er kaum noch den Versuch, sich zu bezwingen. Seine Augen klagten, baten, beteuerten, jubelten. Ihre Sprache wäre vielleicht auch Glauberg verständlich gewesen, wenn er den Freund beargwöhnt hätte; denn dieser trieb anfänglich durchaus kein Versteckspiel, sondern folgte dem leidenschaftlichen Aufwallen des Blutes. Erst als er merkte, daß Adelheid beunruhigt wurde, die Farbe wechselte, die Lippe einzog und ihm Winke gab, die ihn daran erinnern sollten, daß sie einen Zuschauer hätten, kam ihm die Befürchtung, Glauberg könnte *ihr* Verhalten auffallend finden. Er benahm sich nun vorsichtiger und schob die Lampe so, daß sie zwischen den beiden stand oder jedenfalls ihr Gesicht für ihn in den Lichtschein brachte, der blendend wirkte.

Er versäumte jetzt nicht leicht, auch einige lyrische Gedichte vorzulesen. Es sei interessant, meinte er, dem Entwickelungsgang der sogenannten Liebespoesie nachzuforschen und aus dem Mischungsverhältnis ihrer seelischen und sinnlichen Momente Schlüsse auf den jeweiligen Kulturzustand zu ziehen. Ein Überwuchern der einen wie der anderen Richtung beweise krankhafte Sentimentalität oder Verrohung des Geschmacks und der Sitten in den oberen Schichten der Gesellschaft. Dabei sei es wunderbar, daß man gleich zu Anfang in dem jungen Goethe doch die gesundeste Natur antreffe und in deren Offenbarungen eigentlich schon die richtige Mitte ausgemessen finde, so daß man nach allerhand Abirrungen doch immer auf ihn zurück müsse. Er holte den Band aus der Bibliothek und las mit so viel Innigkeit als Feuer. Es wurde dann nach und nach Verwandtes und Abstrebendes bei den Nachfolgern aufgesucht und auch manche Sammlung der Neuesten durchmustert, die unter den der Redaktion eingesendeten Rezensionsexemplaren anzutreffen war. Immer nur wenige Gedichte wurden an jedem Abend gelesen. Solche Süßigkeit lasse sich nur in kleinsten Portionen und gleichsam als Naschwerk nach dem eigentlichen Mahl vertragen. Walther hatte die Auswahl zu besorgen, und er wählte – erst unabsichtlich nach den Weisungen des Gefühls, dann mit Vorbedacht – meist so, daß er selbst der Geliebten etwas zu sagen schien, die ihm gegenüber saß, nur ihr verständlich.

Beim Abschied litt er jetzt nicht, daß Adelheid die Hand rasch wieder zurückzog. Wenigstens so lange hielt er sie, bis er sie noch ein zweites und drittes Mal gedrückt hatte, und öfter vergaß er, sie loszulassen, wenn er noch zuletzt irgend einen Gegenstand von Wichtigkeit zur Erörterung gebracht und seine Meinung auszuführen hatte. Er durfte sich auch erlauben, sie zu küssen, und seine Lippen brannten dann heiß darauf.

Er meinte, noch immer sein gegebenes Versprechen zu halten, nur nicht so pedantisch als anfänglich. Wozu das auch? Er wußte ja, wie weit er gehen konnte!

Einmal legte er heimlich ein ganz kleines Billet in ihre Hand. Adelheid zuckte und wollte es zurückschieben. Aber er sah sie bittend an und öffnete seine Hand, so daß es zu Boden hätte fallen müssen, wenn sie es nicht annahm. Sie seufzte leise aus tiefster Brust, als hätte sie eine schmerzliche Empfindung, und am nächsten Morgen erhielt er das Billet uneröffnet, in ein Couvert mit seiner Adresse gelegt, durch die Post zugeschickt. Das machte ihn eine Weile sehr schwermütig, so daß Glauberg ihn fragte, ob ihm etwas Verdrießliches begegnet sei. Er fühle sich nicht ganz wohl, antwortete er. Und dann blieb er einige Tage ganz aus, bis der alte Diener zu häufig kam, sich nach seinem Befinden zu erkundigen und ihm zu bestellen, wie sehr sein Herr ihn vermisse. Glauberg fand ihn »recht jämmerlich« aussehend. Wahrscheinlich strenge er sich mit den Redaktionsgeschäften zu sehr an und packe sich Arbeiten auf, die auch ein anderer verrichten könne. Adelheid war bemüht, sich ganz unverändert freundlich zu zeigen, um ihm zu beweisen, daß sie nicht zürne, nur wünsche, das frühere, ruhige Verhältnis wiederhergestellt zu sehen. Ganz unbefangen war sie dabei doch nicht, und mitunter begegnete ihm ein Blick, der sagen wollte: Quäle dich und mich doch nicht! Es kann ja nicht anders sein. Aber wir wissen, was wir einander bleiben.

Und dann wagte er doch wieder und gewann diesmal. Er schrieb ihr: »Ich will nichts, als dir von Zeit zu Zeit, wenn mir das Herz zu schwer wird, sagen können, daß ich dich liebe mit der ganzen Kraft meiner Seele. Du weißt es, aber es ist mir immer, als müßtest du es vergessen, wenn ich so gleichmäßig neben dir hinlebe, als hätte ich in der Entsagung Frieden gefunden. In mir toben aber die Wetter und wollen meines Zurufes nicht achten. Du nur kannst sie beschwichtigen durch ein Wort der Liebe. Ich bin dann wieder geduldig.«

Er erhielt keine Zeile Antwort. Aber am zweitfolgenden Tage nach Tisch wußte sie es so einzuleiten, daß sie eine Minute allein blieben.

»Was thun Sie, Walther?« zischelte sie ihm voll Angst zu, »Sie verlieren alle Gewalt über sich.«

»Ja, ja,« erwiderte er keuchend, »ich habe versprochen, was ich nicht halten kann.«

»So ist es besser, Sie trennen sich von dem Freunde, als daß Sie ihn – betrügen.«

»Adelheid!«

»Es ist die Wahrheit.«

Sie ging ihm voran in das Zimmer, in welches Glauberg vom Diener gefahren war, und hinderte so jede weitere Äußerung.

Es ist die Wahrheit! Da war ein sehr häßliches Wort gefallen, und sicher hatte Adelheid es absichtlich gewählt. Es sollte ihm ins Gewissen einschneiden, so tief es könnte. Den Freund betrügen – wollte er das? Aber er hatte ihn schon betrogen. Nicht durch dieses Letzte. Das war nur gegen das Abkommen, das er mit Adelheid getroffen hatte. Ein wahnwitziges, ein sophistisches Abkommen! Aber daß er ihm verschwieg, was Adelheid ihm war – das konnte er sich nicht verzeihen.

Und es war nun doch geschehen, ließ sich nicht rückgängig machen. Adelheid selbst hatte es so gewollt – auch ihretwegen! Sie dachte an ein auf tiefstem Herzensgrunde bewahrtes Liebesglück. Und vielleicht mutete sie selbst sich nicht zu viel zu. Ihm aber –! Ein Mann empfindet da nicht wie ein Weib. Das bedachte sie nicht, konnte sie gar nicht bedenken. Und nun...?

Sich von dem Freunde trennen – das wäre nicht so schwer gewesen. Aber auch von Adelheid ...! Zeigte sich denn dazu wirklich eine zwingende Notwendigkeit? Jetzt? Wenn es nicht Sünde war, daß er Adelheid liebte, was hatte er dann Unverzeihliches gethan? Und was könnte er thun ...? War er nicht Mann genug, sich auch im Sturm der Leidenschaft Halt zu gebieten? Wie der schon tobte, wollte er nicht sehen. Und zuletzt – Adelheid brauchte doch nur einzuwilligen, daß er sie von dem Freunde forderte. Ob das endlich doch geschehen müsse, konnte eine offene Frage bleiben.

Bis dahin aber – Nein! jetzt kein feiger Rückzug.

Er ging nicht. Adelheid steckte er wieder einen Zettel zu, der ihn rechtfertigen sollte. Sie gab ihm durch ein kühles Verhalten ihre Unzufriedenheit zu verstehen. Er schien wissen zu sollen, daß er auf Nachgiebigkeit nicht zu rechnen habe, wenn er die vorgesteckte Schranke überschreite. Daß sie ihm ernstlich zürne, glaubte er doch nicht, nicht einmal, daß sie ernstlich wünsche, er möge sich zurückziehen. Sie liebte ihn, viel stürmischer, viel heißer, als es die Abgemessenheit ihres äußeren Wesens verraten konnte. Sie war von früher Jugend auf genötigt gewesen, sich Zurückhaltung aufzuerlegen; ihr Vater hatte mit Strenge darauf geachtet, daß die sehr eng gezogenen Grenzen des Standesgemäß-Schicklichen nicht überschritten würden. Aber er hatte, als sie seine Braut war, erfahren, daß unter der ruhigen Oberfläche ein mächtiger Strom leidenschaftlichen Empfindens hinzog. Er würde auch jetzt alle Bedenklichkeit fortreißen.

Er konnte sich nicht getäuscht haben. Bald waren wieder die Wolken von ihrer Stirn verschwunden, und auf ihrem schönen Gesicht lag der Sonnenschein eines ersten heiteren Tages nach der Regen- und Sturmwoche. War sie auch zu der Einsicht gelangt, daß doch jedes Widerstreben vergeblich sei? Es mußte so sein. Und nun war sie ihm sicher für seine Standhaftigkeit dankbar.

Man kam Weihnachten näher. Glauberg hatte eine große Bescherung im Sinne, bei der nicht nur die Verwandten und Hausgenossen, sondern auch die Zeitungsleute beteiligt werden sollten. Er setzte eine sehr reichliche Summe aus und erklärte, an diesem Tage müsse jeder, den seine Hand erreichen könne, durch ein Geschenk unter dem Lichterbaum erfreut werden; auch die Kinder wolle er alle bei sich haben. Sei ihm doch selbst im letzten Jahr unverhofft große Freude geworden! Er dürfe den Freund seinen Heiland nennen, der ihm aus der Trübsal aufgeholfen und das elende Dasein erträglich gemacht habe. Als er dies sagte, reichte er Dürenholz die Hand, in dessen Gesicht eine flammende Röte aufstieg. Er deutete sie in seiner Weise. »Du weißt gar nicht, wie wohl du mir thust,« fügte er hinzu.

Es wurde unter den dreien beraten und festgestellt, welche Spende den Männern, Frauen und Kindern die genehmste sein könne. Dabei sollte es an Mannigfaltigkeit der Auswahl nicht fehlen und jedem zu tauschen erlaubt sein. Glauberg wünschte, daß seine Frau selbst die Einkäufe besorge, und bat Walther, sie zu begleiten, damit ihr die Mühe erleichtert werde. Er wisse wohl, daß dieses Geschäft an einer Reihe von Tagen mehrere Stunden in Anspruch nehmen müsse, aber er wolle gern der guten Sache nicht nur ein Geldopfer bringen und behalte ja auch den Beistand des alten Dieners, auf den er sich verlassen könne.

So war nun Walther und Adelheid unerwartet die Gelegenheit zu dem vertrautesten Verkehr gegeben. Sie fuhren zusammen in dem geschlossenen Landauer oder gingen bei gutem Wetter in die Stadt hinein und dann von Laden zu Laden. Es war unter ihnen stillschweigende Abmachung, daß diese Gunst nicht gemißbraucht werden dürfe, und sie hielten sie anfänglich auch unverbrüchlich. Aber sie saßen und gingen doch Schulter an Schulter, er half ihr aus dem Wagen und in denselben hinein, er reichte ihr auf dem Rückwege, wenn sie ermüdet war, in den vom eigentlichen Geschäftsviertel nach außen führenden, dunkleren und stilleren Straßen den Arm. Für ihre Enthaltsamkeit schienen kleine Belohnungen billig. Manchmal, wenn sie sich für unbeobachtet halten durften, fand sich Hand in Hand. Das alte Du lag ihnen auch immer auf der Lippe und gab jedem Gespräch nicht nur vertraulicheren Ton, sondern ungewollt auch vertraulicheren Inhalt. Sie dehnten die Stunden des Beisammenseins gern aus und wurden mit ihrer Kommission gar nicht fertig. Immer mußte noch mindestens ein Tag zugelegt werden. Als dann die gekauften Gegenstände in der Villa abgeliefert waren und sich im Salon angehäuft hatten, ging es an ein Mustern und Auseinanderlegen und Ordnen, wobei Glauberg sich von seinem Rollstuhl aus eifrig beteiligte. Oft blieben sie bis spät in die Nacht zusammen auf; dann wurden die Pfefferkuchen, Nüsse, Äpfel und Zuckerwaren gleichmäßig in Papiersäcke verteilt. Und endlich langten die Tannenbäume an, die Glauberg im Forst hatte für sich schlagen lassen, um recht runde und dichte Stämmchen zu erhalten. Sie standen auf Holzkreuzen und reichten vom Fußboden bis zur Decke. Nun sollten sie ausgeputzt und mit Lichtern besteckt werden.

Dazu hatte Dürenholz sich den ganzen Tag Urlaub nehmen müssen. Er stand auf einer Leiter, und Adelheid reichte ihm, was er brauchte: Lichtklammern, bunte Lichte und vergoldete und versilberte Nüsse, Watte, die als Schnee auf den Ästen liegen sollte, Papierfähnchen. Als die Spitzen der Bäume so genügend ausgestattet waren, stellten beide sich auf Schemel, um auch die tieferen Zweige zu bedenken, und änderten fortwährend die Stelle. Zuletzt brauchten sie die Tritte nicht mehr, umgingen die Bäume, die bis tief unten grün waren, und füllten jede Lücke mit Schmuck, aber auch mit allerhand Naschwerk an Fäden aus, damit die Kinder etwas zum Plündern fänden. Glauberg sah zu und gab Weisungen. Er schob sich um die Bäume herum, sie von allen Seiten zu besichtigen, und war manchmal eine Weile hinter dem einen und anderen ganz verschwunden. An jeder Ecke der drei langen Tafeln, auf welche die Geschenke schon gelegt waren, stand einer. Ermüdete er, so ließ er sich in sein Zimmer fahren, las oder schlief eine halbe Stunde. Die beiden blieben dann ganz unbeobachtet, da den dienenden Personen verboten war, den Salon zu betreten.

Es war unvermeidlich, daß sie bei ihren Rundgängen einander begegneten oder an derselben Seite eines Baumes Beschäftigung fanden, auch wenn der eine dem anderen nicht etwas zuzureichen hatte. Der Behang von Zweigen war bis zum Parkett hinab so dicht, daß die Dahinterstehenden sich für völlig gedeckt halten konnten. Walther und Adelheid meinten, sich alle Mühe zu geben, ein Zusammentreffen gleichsam hinter den Coulissen zu vermeiden. Aber ehe sie sich's versahen, standen sie doch nebeneinander, tauschten Blicke und Worte. »Wenn wir jetzt unseren eigenen kleinen Baum schmückten –!« flüsterte er einmal. Sie nickte seufzend. Und dann faßten sich ihre Hände und flammten ihre Augen in verzehrendem Feuer.

Ein andermal umfaßte er sie, um sie doch gleich wieder loszulassen und vorüberzueilen.

Als es schon zu dunkeln anfing und Glauberg sich in seinem Zimmer befand, wo er zum Lesen eine Lampe hatte anstecken lassen, sagte Walther wehmütig: »Diese Freude hat nun bald ein Ende. Sobald die Lichter am Weihnachtsbaum ausgebrannt sind, beginnt wieder die kahle Prosa des Lebens. Und ein langes Jahr hindurch – Unerträglich, unerträglich! Adelheid, wenn du in mein Innerstes blicken könntest!«

»Kann ich das nicht, mein armer Freund?« fragte sie leise.

»Nein,« zischelte er, nahe zu ihr tretend, so daß sein heißer Atem ihre Stirn anwehte, »wenn du mich deinen Freund nennst, kannst du's nicht. Ich bin nicht dein Freund. Ich habe mir eingebildet, ich vermöchte es zu sein, aber ich lache jetzt darüber. Zwischen Mann und Weib, die einander lieben, kann es keine Freundschaft geben, bei ihnen ist Leib und Seele eins. Sie ziehen einander an mit allen Sinnen, sie ruhen nicht, bis alle Vernunft aufgeht in ein seliges Lallen. Fest verbunden springen sie, wenn es sein muß, in den Abgrund, den sie vor Augen sehen. Lieber Vernichtung als Trennung! Wenn du mich liebst, Adelheid –«

»Aber weißt du's denn nicht?« bebten ihre Lippen.

Er umfaßte sie und riß sie an sich. Wie wütend über sich selbst biß er die Zähne zusammen und blickte mit lodernden Augen über sie hin. Es stand da einer von den Holzschemeln, die sie zum Putzen der Bäume benutzt hatten. Auf den drückte er sie nieder, sank neben ihr hin und bedeckte ihre Hände mit Küssen. Adelheid ließ es geschehen. Nichts war ihnen mehr heilig als ihre Liebe.

Sie fuhren auf, als Glaubergs Stimme vom Arbeitszimmer her rief: »Werdet ihr nicht Licht brauchen, Kinder?«

»Wir sind fertig,« antwortete Dürenholz. »Unsertwegen könnte die Bescherung gleich erfolgen. Aber es sind wohl noch fast zwei Stunden bis dahin.«

Adelheid hatte sich durch den hinteren Ausgang entfernt, ihr glühendes Gesicht nicht sehen zu lassen. Walther ordnete rasch Haar und Bart und ging zu Glauberg, wenigstens bis zur Thür.

»Bringst du Adelheid nicht mit?« fragte der Kranke. »Sie sollte sich noch eine Weile Ruhe gönnen.«

»Das thut sie wohl auch,« entgegnete Dürenholz. »Sie verließ vor einer kleinen Weile den Saal dort hinaus.«

»Hast du hinter ihr abgeschlossen?«

»Nein.«

»Nun, es wird auch nicht nötig sein. Spielen wir noch eine Partie Schach?«

»Unmöglich. Ich muß zu Hause noch ein wenig Toilette machen. Mein Kopf ist mit Tannennadeln bestreut und mein Rock hat, wenn ich nicht irre, von einem spitzen Ast irgendwo einen Ritz bekommen. Es ist zum Glück der älteste.«

»Dann also auf Wiedersehen. Und verspäte dich nicht. Du hast noch die Lichter anzustecken. Dabei kann dir freilich Friedrich helfen. Adelheid möchte ich nicht mehr bemühen – und sie muß auch hier die Gäste empfangen. Ich bin dir soviel Dank schuldig, bester –«

»Ach, rede doch nicht.«

»Ja, ja. Aber ein gutes Werk belohnt sich selbst, das tröstet mich.«

Dürenholz lief über die Straße, als ob jemand mit der Peitsche hinter ihm her wäre. Ganz erhitzt langte er in seiner Wohnung an, warf sich, ohne die Lampe anzuzünden, aufs Sofa und drückte die Hände gegen die Schläfen. Der Freund, der Freund! Und er konnte doch nicht bereuen. Nicht einmal das Geschehene ungeschehen wünschen. Die Leidenschaft war stärker als die Gewissenhaftigkeit. Wie in einem Opiumrausch umgaukelten ihm liebliche Gestalten, und alle trugen sie ihre Züge. Seine Phantasie war vergiftet.

Er sprang auf, machte Licht, kleidete sich an. Als er in den Spiegel sah, erschrak er über sein lachendes Gesicht. Er hätte es mit den Nägeln zerkratzen mögen, so ärgerlich war ihm die Fratze. Aber sie paßte zu seiner Stimmung. Auch sein Herz lachte, so unruhig es schlug.

Und dann ein wohlgelungener Weihnachtsabend! Holm mit seiner Frau und den Kindern war da, Doktor Haring und ein anderer Mitarbeiter, ein pensionierter Hauptmann, der das Militärische besorgte, der Expedient, der Vorsteher der Druckerei, der Kassenführer, diese drei mit ihren Ehehälften. Am zweiten Tisch fanden die Arbeiter und Arbeiterfrauen ihre Geschenke aufgebaut, am dritten, in dessen Mitte eine Krippe stand, die Kinder, Knaben und Mädchen. Sie sangen die in der Schule eingeübten Weihnachtslieder, und Adelheid begleitete sie auf dem Klavier, das in die Ecke geschoben war und von einem großen Tannenbaum verdeckt wurde. Da, von allen ungesehen, war ihr am wohlsten.

Walther fand sich zu ihr. Er stellte sich hinter ihren Stuhl und flüsterte ihr ins Ohr: »Ich habe noch ein Geschenk für dich, von dem niemand wissen darf –«

»Geh, geh!« bat sie ihn sehr beunruhigt. »Es darf uns keiner hier sehen.«

»– den Ring,« fuhr er fort, »den du mir zurückgeben mußtest, und den ich für bessere Zeiten aufbewahrt habe.«

»Sie sind noch nicht gekommen.«

»Versprich mir, ihn auf dem Herzen zu tragen, bis –«

Im Saal entstand ein Gelächter, der Gesang brach ab. Walther legte Adelheid den Ring in den Schoß und trat schnell hinter dem Baum wieder vor. In demselben Augenblick aber blickte Frau Ida Holm von der anderen Seite durch die Zweige.

»Aber wie spielst du denn?« rief sie, »danach kann ja kein Mensch singen.«

Adelheid schrak zusammen. So glitt der goldene Reif von ihrem Seidenkleide ab und rollte unter das Klavier.

»Da fiel etwas,« bemerkte Frau Ida, die noch näher herangetreten war, »etwas Rundes – dort in die Ecke ist's gerollt.«

Adelheid hatte sich rasch erhoben und bückte sich, bevor jene ihr zuvorkommen konnte. »Mein Ring,« sagte sie. »ich hatte ihn zum Spielen abgezogen.« Sie behielt ihn in der Hand und ließ ihn dann in die Tasche gleiten.

Sie setzte sich wieder ans Klavier und begann das Stück nach einigen präludierenden Accorden von Anfang. Sie hatte Mühe, die Thränen zurückzuhalten, und meinte, sich jetzt den Gästen nicht zeigen zu können. Bald fielen auch die Kinderstimmen wieder ein, und das Lied kam durch alle Verse ganz ordentlich zu Ende.

Glauberg war sehr heiter. Er ließ sich in seinem Rollstuhl die Tischreihen entlang schieben, sprach mit jedem, besah die Geschenke, fragte, ob etwas anderes erwünschter sei, und erhielt überall Danksagungen. Er scherzte mit den Kindern, die ihre Spielsachen bewunderten, forderte sie auf, in die Papiersäcke zu greifen, und ließ seine Frau bitten, ihnen nun auch etwas zum Tanz aufzuspielen. Dabei behielt er die Tannenbäume im Auge und gab einen Wink, wenn ein Lichtchen zu tief abgebrannt war oder mit der Flamme einem Zweig zu nahe kam. Als es im Saal dunkler und dunkler wurde, sagte er: »Und nun weiß ich doch, daß ihr am liebsten zu Hause sein möchtet. Packt also eure Sachen zusammen und reißt aus. Draußen bekommt jeder noch ein belegtes Butterbrot und eine Flasche Bier auf den Weg. Räumt nur alles ab, was auf den Schüsseln liegt. Morgen kommen die Kinder, die Bäume zu plündern.«

Die Vorstände hielt er zurück. Für sie und die Familie gab's ein Abendessen am gedeckten Tisch und eine Punschbowle. Es ging dabei sehr lustig zu. Zuletzt wurden Studentenlieder gesungen.

Zum zweiten Feiertag hatten Holms eingeladen. Glauberg hätte sich hinfahren lassen können, wie auch sonst schon mitunter geschehen, fühlte sich aber von dem Weihnachtsabend noch etwas angegriffen und sagte ab.

Er bestand aber darauf, daß Adelheid allein hinginge, und bat Walther, sie nach Hause zu bringen. »Meine Schwester ist immer argwöhnisch,« sagte er, »daß wir mit ihr und ihrem Manne nicht auf gleichem Fuß verkehren wollen, weil sie gewissermaßen von mir abhängig sind und sich einschränken müssen. Bleiben wir nun beide aus, so wird es ihr unlieb sein, den Weihnachtsabend mit ganzer Familie bei uns statt zu Hause verlebt zu haben. Thut mir also den Gefallen und vertretet mich.«

»Wenn du mir den Wagen schickst, kann ich ja auch ganz gut allein –« erwiderte Adelheid und unterbrach sich, da sie Walthers Augen bittend auf sich gerichtet sah.

»Ich will Walther natürlich keine unbequeme Verpflichtung auferlegen,« bemerkte Glauberg, »aber lieber wäre mir's, er hülfe dir beim Aussteigen und brächte dich durch den Vorgarten bis zur Hausthür. Friedrich muß ich schon bei mir behalten.«

Dürenholz bat ihn, sich jedes weitere Wort zu sparen. Adelheid sollte sicher ins Haus kommen, und wenn er vorauslaufen und auf den Wagen am Gitter warten müsse.

»Aber das wäre ja närrisch,« sagte Glauberg lachend. Und dann doch ein wenig stutzend: »Wem könnte damit gedient sein?«

Dürenholz zuckte die Achseln und schwieg.

Sie fuhren in der Nacht zusammen nach der Villa zurück.

Am anderen Nachmittage stattete Frau Ida ihrem Bruder einen Besuch ab. Sie kam, sich nach seinem Befinden zu erkundigen und zugleich für den »herrlichen Weihnachten« zu danken.

Er bat, Adelheid zu entschuldigen. Sie fühle sich nach dem gestrigen Trubel nicht ganz wohl und habe sich im Schlafzimmer aufs Bett gelegt.

»Das Tanzen ist ihr vielleicht nicht bekommen,« warf Frau Ida so hin.

»Hat Adelheid getanzt?« fragte er mit einem Anflug von Verwunderung.

»Und wie! Beim Walzer kam sie ja mit Dürenholz gar nicht von der Diele.«

»Ihr scheint ja sehr lustig gewesen zu sein,« bemerkte Glauberg ganz harmlos. »Wenn Dürenholz sogar tanzt –!«

»Ach, so im engeren Kreise –! Darin hat niemand etwas gesehen. Er behauptete, der Walzer sei der einzig tanzenswerte Tanz – und dann schien er zu finden, daß keine von den anwesenden Damen, und darunter waren auch einige recht junge und hübsche, so gut walze wie deine Frau.«

»Ich habe Adelheid nie tanzen sehen,« sagte er, »und glaubte … Aber Walther wird ja Kenner sein. Es kommt mir nur sonderbar vor, daß beide gerade die raschen Bewegungen –«

»O, sie haben eine ganz eigene Art, den Raschwalzer langsam zu tanzen,« fiel sie kichernd ein. »Als ob sie sich darauf geübt hätten! Es läßt ihnen gut, und man sieht gern zu. Dürenholz ist eigentlich, wenn man ihn näher ins Auge faßt, ein recht hübscher Mensch.«

»Und Adelheid, denke ich –«

»Eine schöne Frau. Darüber besteht ja kein Zweifel. Und sie ist ja auch noch durchaus in den Jahren … Mich wundert gar nicht, daß dein Freund sie auszeichnet.«

Er merkte auf. »Wundert sich ein anderer darüber?«

»Das weiß ich nicht. Es wäre ja auch geradezu komisch, wenn sie sich genieren sollten, miteinander zu tanzen, weil Adelheid deine Frau und Dürenholz dein Freund ist. Nur … Mein Himmel, du weißt ja, daß die Leute immer gleich etwas zu kritisieren haben.«

Er lachte. »Und nun haben sie ihnen zu viel gewalzt, scheint es.«

»Na überhaupt –«

Jetzt sah er seine Schwester scharf an. »Was heißt das?«

Sie preßte die Lippen zusammen und wurde rot. Es war ihr so entfahren, und sie ärgerte sich wahrscheinlich schon darüber. »Ich wollte nichts Besonderes damit sagen –« entschuldigte sie zögernd.

»Also etwas Allgemeines. Bitte, sprich dich nur aus.«

Frau Ida schielte über die etwas zu spitze Nase hin, von der sich die Röte noch nicht verzogen hatte. »Lieber Veit – Dürenholz ist dein Freund –«

»Und Adelheid meine Frau. Das weiß ich.«

»Ja, wenn du gleich so aufgeregt …«

Er zischte durch die Zähne. »Dazu hätte ich wohl auch Ursache!«

»Gewiß nicht. Es ist ja sehr schön, daß du ihnen so unbedingtes Vertrauen schenkst. Nur solltest du nicht vergessen –«

»Was?«

»Daß du ein kranker Mann bist, und die Leute –«

Er kehrte sich unwillig im Rollstuhl ab. »Ah! Wieder die alte Geschichte. Es muß ja auch nach der Schablone gehen.«

»Du wirst es doch keinem verdenken können,« sagte sie empfindlich, »daß er sich für einen Mann interessiert, der ihm der höchsten Achtung würdig scheint. Man begreift es ja sehr gut, daß du den Wunsch hegst, den Freund recht häufig bei dir zu sehen. Aber ob nicht der tägliche Besuch … Ich meine nur, es kommen da auch noch ganz andere Rücksichten in Frage.«

»Welche?«

Sie legte den Kopf auf die Schulter. »Und das ginge noch. In deinem Hause bist du doch immer der Dritte. Aber daß die beiden zusammen nach der Stadt fahren und die Läden durchlaufen –«

»Auch das war mein Wunsch.«

»Ich hab's nicht anders vorausgesetzt. Nur, verzeih mir, ein doch wohl etwas unbedachter. Du hättest mir ja nur ein Wort zu sagen brauchen, und ich würde Adelheid gern begleitet haben, so schwer ich auch der Kinder wegen von Hause abkömmlich bin. Für einen so guten Zweck –! Soviel steht fest, es ist aufgefallen. Und sie mögen vielleicht auch ein bißchen zu freundschaftlich –«

»Keine beleidigenden Vermutungen, wenn ich bitten darf,« schnitt er ihr das Wort ab. »Ist es nicht infam, dem lieben Nächsten so auf den blauen Dunst hin etwas nachzureden? Du solltest dich nicht dazu hergeben, es weiter zu tragen.«

»Du brauchst sehr starke Ausdrücke, lieber Veit,« verwies sie. »Ich vergesse nicht, daß ich deine Schwester bin. Es kann mir nicht gleichgültig sein, daß man sich zuzischelt, deine Frau und dein Freund seien alte – und sehr gute Bekannte.«

Er richtete sich mit einem heftigen Ruck auf und sah ihr mit blitzenden Augen ins Gesicht. »Wer wagt das – ?«

»Es kann ja ein Irrtum sein,« beschwichtigte sie. »Ich sage nur, was ich gehört habe, weil ich dir's schuldig zu sein glaube. Es ist da eine Dame von auswärts zum Besuch gekommen, die hat die beiden zufällig in einem Laden getroffen und gleich zu ihrer Begleiterin gesagt: »Ist das nicht Herr Amtsrichter von Dürenholz und das Fräulein Müller, mit dem er verlobt war?« Als ihr Frau Glauberg genannt wurde, hat sie gemeint, sie könne sich täuschen, aber die Ähnlichkeit sei sehr groß. Sie will in der Stadt, in der Dürenholz Amtsrichter war, einmal eine Freundin besucht und bei der Gelegenheit beide gesehen haben.«

Glauberg lachte höhnisch. »Da sieht man, wie solche Gerüchte sich bilden: die Dame hat Dürenholz erkannt; sie wußte, daß, er verlobt war, kann sein, mit einem Fräulein Müller. Wie viele Fräulein dieses Namens giebt's in der Welt? Sie sieht ihn mit einer Dame zusammen, und gleich ist die nun das Fräulein Müller, mit dem er verlobt war. Er wird sich wundern, wenn ich ihm erzähle, daß er mit seiner Braut im Laden gesehen sei.«

»Du solltest die Sache doch nicht so leicht nehmen,« warnte Frau Ida. »Was ich kürzlich selbst erlebt habe...«

»Da bin ich neugierig,« sagte er, wieder ruhiger.

»Am Weihnachtsabend – du erinnerst dich, daß der Gesang der Kinder einmal aufhören mußte, weil Adelheid ihn auf dem Klavier ganz konfus begleitete. Das hatte einen Grund.«

»Wahrscheinlich war sie nicht aufmerksam.«

»Aber weshalb? Als ich hinter den Tannenbaum trat, sie zu rufen, entfernte sich um die andere Seite herum eiligst dein Freund Dürenholz.«

»Er hat also mit ihr geplaudert; dann erklärt sich's ja.«

»Hinter dem Tannenbaum! Und als sie dann – ganz unmotiviert – aufstand, glitt ein Gegenstand von ihrem Schoß, den ich in der Form eines glatten goldenen Ringes am Boden habe liegen sehen.«

Glauberg klopfte ungeduldig die Seitenlehnen seines Stuhles. »Und den hatte Walther ihr gegeben?«

»Das weiß ich nicht. Aber er war eben bei ihr gewesen. Sie sagte, sie hätte den Ring zum Spielen abgezogen.«

»Nun also!«

»Aber man pflegt Ringe doch nicht so aufzubewahren –«

»Wenn man hübsch vorsichtig ist.«

»Und – sie hatte *deinen* Ring, um den es sich doch allein handeln konnte, nicht abgezogen; ich meine ihn deutlich an ihrem Finger gesehen zu haben.«

»Ich bewundere deine scharfen Augen, liebe Ida,« schloß Glauberg die ihm sehr peinliche Unterredung, indem er das Buch aufnahm, in dem er gelesen hatte, und so das Zeichen zum Aufbruch gab.

Die Schwester verstand ihn und erhob sich auch gleich. »Wir sind da aus einem ins andere gekommen,« sagte sie, »und ich habe vielleicht zu wenig berücksichtigt, daß du nicht aufgeklärt sein willst. Es war aber meine Pflicht –«

Er reichte ihr die Hand. »Ich danke dir.«

»Jedenfalls kann die Mahnung zur Vorsicht nicht schaden. Man hört über seine nächsten Angehörigen nicht gern spitze oder gar hämische Bemerkungen. Adieu!«

Erst nachdem sie sich entfernt hatte, machte sich seine Entrüstung in kurzen Ausrufen Luft. »Empörend – diese elende Klatscherei – diese Bosheit – und die eigene Schwester – ah!« Er wollte lesen, fand aber nicht die Ruhe dazu. Er legte den Kopf an die Rückwand des Stuhles und starrte zur Decke hinauf. Die Muskeln seines Gesichts waren in Bewegung, und die Unterlippe schob sich von Zeit zu Zeit zwischen die Zähne. So also sprach man über ihn – über seine Frau –

über den Freund! Sich so etwas zusammenzureimen, war freilich verlockend. Es verstand sich ja von selbst, daß der kranke Mann eine untreue Frau haben mußte, und daß der Freund sein Vertrauen schnöde mißbrauchte! Es war der Lauf der Welt! Die Fäden ließen sich so leicht in ein Gewebe zusammenbringen »nach bekanntem Muster«, und wo sie nicht ohne weiteres passen wollten, konnte ja durch eine geschickte Verbindung von zufälligen Umständen leicht nachgeholfen werden. Nicht einmal aus gemeiner Gesinnung! Die Phantasie der Leute ist so lebhaft.

Er regte sich mehr und mehr auf. Konnte er diese Mitteilungen für sich behalten? War er nicht verpflichtet, sie den Nächstbeteiligten zur Kenntnis zu bringen? Mit welcher Wirkung aber? Sie würden vielleicht glauben, daß er sie zur Verteidigung auffordere. Und wie peinlich für sie, zu wissen, daß man sie in dem unwürdigen Verdacht habe! Aber schweigen mußte ebenso mißlich scheinen. Würden die Verleumdungen nicht doch den Weg zu ihnen finden? Wenn nun die Thatsachen, die für verdächtig galten, sofort aufgeklärt werden könnten? Er entschloß sich endlich, wenigstens mit Adelheid darüber zu sprechen – wie über etwas ganz Lächerliches natürlich.

So war in dumpfem Brüten eine Stunde vergangen. Die Sache mußte ihm aus dem Kopf, bevor Walther von der Redaktion kam. Er läutete dem Diener und befahl ihm, im Schlafzimmer durch die Jungfer anfragen zu lassen, ob er die gnädige Frau sprechen könne.

Als Adelheid wenige Minuten darauf bei ihm eintrat, fand sie ihn in den schwersten Krämpfen, völlig ohne Besinnung. »Mein Gott, was ist geschehen?« fragte sie. Der Diener konnte nur die Auskunft geben, daß vor länger als einer Stunde Frau Holm dagewesen sei. Dann sei der Herr allein geblieben, und als er auf das Glockenzeichen hineingegangen, habe er noch keine Veränderung bei ihm bemerkt. Das müsse ihn selbst so überfallen haben.

Es wurden die gewöhnlichen krampfstillenden Mittel angewendet, längere Zeit ohne Erfolg. Endlich erschöpften sich die Anfälle mit den Kräften, die schreckhaften Verzerrungen der Muskeln milderten sich zu immer schwächeren Zuckungen. Und dann hörten auch diese auf. Die Brust keuchte nicht mehr so ängstlich, die Atemzüge wurden leiser und regelmäßiger, und endlich lag der Kranke in dem tiefen Schlafe, der stets diesem traurigen Zustande zu folgen und stundenlang anzudauern pflegte. Es war dann nichts weiter für ihn zu thun.

Adelheid blieb aber doch in seiner Nähe. Dürenholz kam diesmal ungewöhnlich spät, da die Abendpost noch Briefe gebracht hatte, deren Inhalt für den anderen Tag verarbeitet werden mußte. Er erfuhr vom Diener, was sich ereignet hatte, und trat ein, um den armen Freund zu sehen und der gnädigen Frau sein Bedauern auszusprechen.

Es mochte wirklich seine Absicht gewesen sein, sich gleich wieder zu entfernen. Nun fand er Adelheid selbst leidend und in unglücklichster Stimmung. Er meinte, sie so nicht allein lassen zu können, und setzte sich zu ihr, nachdem er lange bei dem jetzt sanft Schlafenden gestanden und ihn, in ganz eigene Gedanken vertieft, betrachtet hatte.

Das Gespräch über gleichgültige Dinge wollte nicht recht in Gang kommen. Sie hatten beide etwas auf dem Herzen, was sie schwer bedrückte. Und es fehlte ein zwingender Grund, es jetzt nicht abzuwälzen. Glauberg sah und hörte sie nicht, und sein Zustand gab augenblicklich zu irgend welchen Besorgnissen keinen Anlaß. Sie saßen mit dem Rücken gegen ihn gekehrt, Adelheid auf einem der beiden vor den Kamin gestellten Sessel, Walther auf einem runden Polster ohne Lehne neben ihr. Die Lampe brannte auf dem Sofatisch mehrere Schritte seitwärts und war mit einem Schleier von blaßblauer Seide bedeckt, der den Lichtschein dämpfte. Doch war es auch hier in der traulichen Ecke hell genug, daß sie einander von den Augen lesen konnten, was sie bewegte. Adelheid hatte den Kopf angestützt und die Arme über die Seitenlehnen gestreckt, von welchen die Hände matt herabhingen; Walther beugte sich vor und drückte zwischen den Knieen die Fingerspitzen aufeinander, ohne wahrscheinlich von dieser Beschäftigung eine Ahnung zu haben. Endlich brach Adelheid das Schweigen, indem sie aus angstbeklommener Brust heraus sagte:

»Es geht so nicht weiter – gewiß! es geht nicht.«

»Das ist auch meine Empfindung,« entgegnete er. »Ich kann Veit nicht mehr in die Augen sehen – und das halte ich nicht aus.«

Sie stieß einen Ton aus, der ihr ganzes Mißbehagen über die Situation zu erkennen gab. »Ich sehe ein,« sagte sie im Flüsterton, »daß ich dich nicht hätte abhalten sollen, zu thun, was du im Sinne hattest und ohne meine unselige Dazwischenkunft würdest ausgeführt haben – nach Amerika zurückzukehren. Ich hätte wissen können … Aber das ist geschehen, und ich mache mir auch nur selbst Vorwürfe. Heute bleibt mir nur übrig, dich inständig zu bitten: Halt ein, kehre um – fliehe aus meiner Nähe, so weit du kannst.«

»Adelheid –!« rief er stöhnend, »ist das denn möglich – noch –? Kannst du wollen –«

»Ich muß!« fiel sie ein. Arme und Hände zuckten. »Was wir heute freiwillig thun können, um Unheil zu verhüten, wird uns vielleicht morgen aufgezwungen werden, ohne daß noch die Abwehr der Schande von Schuldigen und Unschuldigen möglich ist. Ich weiß nichts – ich kann nur Vermutungen aufstellen – aber mir ahnt, der Besuch Idas bei ihrem Bruder hat mit diesen Dingen Zusammenhang, ist die nächste Ursache dieses Krampfanfalles. Sie will mir nicht wohl, es war ihr verdrießlich, daß ihr Bruder, den sie zu beerben hoffte, heiratete – dazu eine arme Diakonissin, deren Vergangenheit ihr nicht durchsichtig schien; sie beobachtet mich mit mißtrauischen Augen und hat es an Äußerungen nicht fehlen lassen, die mir beweisen, daß sie scharfsichtiger ist als er. Doch das ist gleichgültig. Auch ohnedies –«

»Aber mich von dir zum zweitenmal trennen, Liebste, – nein! Das ginge über Menschenkraft.« Er ergriff ihre Hand und legte die heiße Stirn darauf.

»So zeige einen anderen Weg –«

»Es giebt nur einen,« sagte er nach einer kleinen Weile, mit gespannten Augenbrauen zu ihr aufblickend. »Wir hätten uns nicht überreden sollen, daß wir ihn umgehen könnten. *Dahin* müssen wir zurück, wo es kein Abirren geben durfte. Treten wir mit einem offenen und ehrlichen Geständnis vor Glauberg hin – es ist spät, sehr spät, aber vielleicht trotz allem noch nicht zu spät. Er ist ein edler Mensch. – er wird unser älteres Recht anerkennen und in die Scheidung willigen. Gewiß, er wird zürnen. Aber zuletzt wird er doch auch begreifen, weshalb wir so lange schwiegen und ihn hintergingen. Adelheid –«

»Und wenn es sein Tod ist –«

Er ließ sich auf den Teppich gleiten, kniete vor ihr und umfaßte sie mit beiden Armen. »Adelheid,« rief er, »ich kann nicht von dir lassen! Du weißt es. Mag geschehen, was unabwendbar ist – wir haben keinen anderen Weg in Ehren. Denn von dir lassen kann ich nicht. Und wenn du mich liebst, wie ich dich liebe – sage mir, sage mir, daß du mich so liebst!«

Sie preßte sein Gesicht an ihre Brust und küßte sein Haar, ein Schauer durchlief ihre Glieder. »Zweifle nicht,« hauchte sie, »es ist unser Verderben!«

In diesem Augenblick entstand hinter ihnen ein Geräusch wie das Knacken eines Stuhles. Sie fuhren auf und schauten um. Da saß Glauberg aufrecht in seinem Fahrsessel, hatte die Decke abgeworfen und starrte mit schreckhaft großen Augen auf sie hin. Mit einem Schrei sprang Adelheid auf, stürzte zu ihm hin und warf sich vor ihm nieder. Er stieß sie zurück und ächzte: »Walther – Walther! Das hast du mir gethan?«

Adelheid wollte ihn umarmen, aber ein noch heftigerer Stoß warf sie zu Boden. »Fort, du Meineidige, Untreue!« kreischte er keuchend, »mit dir hab ich nichts mehr zu thun. Der aber – der –! der sich meinen Freund nannte … O mein Gott! also doch – doch!«

Walther trat zu und hob die schluchzende Frau auf. Er umfaßte sie und führte sie ins andere Zimmer, wo er sie auf ein Sofa niederließ. Dann kehrte er zurück. »Ich bin der Schuldige,« sagte er tief traurig, »und ich werde dir Rede stehen.«

»Das wirst du,« schrie Glauberg, »das wirst du. Aber nicht mit Worten –«

»Höre mich an, Veit!«

»Ich habe gehört – ich habe gesehen … Das ist doch klar? Mein Freund – ha, ha, ha, mein Freund! Ich träume doch nicht.« Er packte seinen Arm, den rechten, den linken, und schüttelte sich. »Ich träume nicht. Das bin ich, und das bist du. Und das Weib … Ha, ha, ha, mein Weib.«

»Wenn du alles wüßtest, Veit –«

»Ich weiß alles. Was brauche ich weiter zu wissen? Sah ich nicht mit diesen meinen Augen … Ah! mein Freund und mein Weib!«

»Und doch, Veit –«

Er griff nach der Krücke, richtete sich daran zitternd auf und sank wieder zurück. »Was? ist es zum letzten noch nicht gekommen? Was bedeutet mir das? Weil ich zu früh aufwachte ... Und wenn nicht heute, so morgen, oder ein andermal. Es ist auch gleich, ganz gleich. Das Freundschaftsstück bleibt dasselbe.«

»Höre mich doch nur an!« bat Dürenholz, die Hände erhebend. »Wir hatten beschlossen, dir offen die Wahrheit –«

»Nachdem die Lüge so groß gewachsen war, daß sie nicht mehr versteckt werden konnte! Da wolltet ihr – ha, ha, ha! – Hinaus!« Er hob drohend den Krückstock. »Hinaus, Bube, oder –«

»Mäßige dich,« mahnte Dürenholz. »So schwer ich dich beleidigt habe, mit Schimpfworten solltest du dich nicht rächen.«

»Ich nenne dich bei deinem Namen,« antwortete Glauberg mit schneidendem Hohn. »Ist es nicht ein Bube, der mir das gethan? Aber glaube nicht, daß ich so ohnmächtig bin, diese schwerste Beleidigung hinnehmen zu müssen. Es giebt nur eine Antwort darauf, und die werde ich geben – trotzdem und alledem. Nochmals: hinaus! Ich werfe dir die Freundschaft vor die Füße. Hinaus! Nur noch einmal im Leben werden wir einander sehen, und dann sind es Todfeinde, die abzurechnen haben.«

Er schlug auf die Glocke, die neben ihm auf dem Stuhl stand, mit solcher Gewalt, daß sie schrille Töne gab. Friedrich mochte, als er seines Herrn laute Stimme hörte, an der Thür nur auf dieses Zeichen gewartet haben. Er trat wenigstens in der Sekunde ein und stellte sich militärisch auf. »Geleiten Sie diesen Herrn hinaus,« rief Glauberg, außer sich vor Schmerz und Wut, ihm zu, »und lassen Sie ihn nie wieder über meine Schwelle! Ich habe noch weitere Befehle für Sie – sobald Sie allein zurückkehren.«

Dürenholz verließ schweigend das Zimmer und gleich darauf das Haus.

Am anderen Vormittag, bevor er noch ausgegangen war, wurde ihm Herr Chefredakteur Holm gemeldet. Er nahm ihn an.

»Ich komme, Sie zu ersuchen,« sagte Holm sehr von oben her, »sich nicht auf die Redaktion bemühen zu wollen. Zu meinem lebhaften Bedauern bin ich nicht in der Lage, Ihre Thätigkeit für die Zeitung weiter in Anspruch nehmen zu können.«

Dürenholz verneigte sich.

»Ich hätte Ihnen das auch brieflich mitteilen können,« fuhr Holm fort, indem er mit der Hand über den weißen Filz seines Hutes strich. »Da ich mich aber noch eines Auftrages meines Schwagers zu entledigen habe ...«

Dürenholz zeigte auf einen Sessel. »Ich bitte.«

»Er ließ mich gestern noch spät abends zu sich rufen. Er war in einer Aufregung, die ich begreiflich fand nach dem, was ich aus seinem Munde erfuhr. Ihn empörte nicht so sehr die Untreue der Frau, für die er sogar eine Art von Entschuldigung aus den besonderen Verhältnissen dieser Ehe herauszusuchen bemüht war, als der Vertrauensmißbrauch des Freundes. Hier schien ihm die Kränkung unverzeihlich. Es gelang mir nicht, ihn milder zu stimmen oder zu überzeugen, daß die Veröffentlichung des Skandals nicht in seinem praktischen Interesse sei. Er antwortete, daß für ihn ein praktisches Interesse gar nicht existiere. Nicht einmal die Herstellung seiner verletzten Ehre vor der Welt oder bei sich selbst komme in Frage. Aber es sei ihm undenkbar, daß zwei Männer leben, die Freunde gewesen seien, und von denen der eine dem anderen das angethan habe. Ich bin deshalb beauftragt, Ihnen eine Pistolenforderung unter den schärfsten Bedingungen zu überbringen.«

»Eine Pistolenforderung –« wiederholte Dürenholz mehr verwundert als überrascht oder wohl gar erschreckt. »Unmöglich!«

»Und weshalb unmöglich, mein Herr?«

»Weil Glauberg schwer krank ist, sich gar nicht auf den Füßen halten kann –«

»Er behauptet, sich stark genug zu fühlen, so lange stehen zu können, bis die Schüsse gewechselt sind, wenn ihm gestattet wird, sich mit der linken Hand auf den Stock zu stützen. Ich zweifle nicht –«

»O – oh! das ...Aber es muß ihm jede Sicherheit in der Handhabung der Waffe fehlen. Ich kann einen so ungleichen Kampf nicht zugeben.«

Holm zuckte die Achseln. »Vergessen Sie nicht, daß er der Beleidigte ist und ihn so will. Wir waren auf diese Einrede vorbereitet. Ich habe darauf zu erklären, daß eine Weigerung aus diesem Grunde nicht als eine großmütige Rücksicht aufgefaßt, sondern nur als ein elender Vorwand charakterisiert werden könne, die einzige Genugthuung zu versagen, die Sie in diesem Falle überhaupt zu gewahren imstande seien.«

Dürenholz erbleichte. »Die einzige Genugthuung –« »Ich denke, er hat recht. Oder wissen Sie eine andere? Er *muß* verlangen, daß Sie Ihre Brust seiner Kugel bieten.«

»Und dennoch – nein! Das Duell ist unmöglich.« Holm hielt eine Weile die Augen gesenkt. Dann blickte er entschlossen auf. »Herr von Dürenholz,« sagte er, »es ist mir bekannt, daß Sie ein prinzipieller Gegner des Duells sind und mit viel Energie diesen Standpunkt behauptet haben. Sollten Sie auch in *diesem* Fall . ..«

»Und wenn – ?«

»Herr von Dürenholz – mein Schwager würde das nicht verstehen können. Er wäre genötigt, Sie für den verächtlichsten Menschen zu erklären, der in –«

Dürenholz sprang auf. »Mein Herr –!«

»Es sind Glaubergs eigene Worte, die ich beauftragt bin, zu wiederholen, falls Sie mir dazu Anlaß geben sollten. Und ich denke, Sie haben mir Anlaß gegeben, diesen Punkt zu berühren. Ich habe übrigens nur eine Folge bezeichnet, die meines Erachtens gar nicht eintreten *kann*, da die Voraussetzung undenkbar ist.«

Nun sank Dürenholz wieder in seinen Sessel zurück. »Und über Ort und Zeit können Sie...« fragte er matt.

»Morgen früh sechs Uhr und in Glaubergs Garten hinter den Linden. Wir werden da ganz ungestört sein. Die Rücksicht auf den Zustand Ihres Gegners –«

»Gewiß, gewiß! Ich hätte dagegen nichts einzuwenden. Im übrigen – ich kann mich im Augenblick nicht endgültig erklären. Erwarten Sie aber meine Entscheidung noch im Laufe des Vormittags.«

Holm stand auf und verneigte sich. »Ich werde jedenfalls zu Hause anzutreffen sein.«

Nachdem er gegangen war, schlug Dürenholz sich mit der Faust gegen die Stirn und ächzte aus tiefster Brust. Da stand er nun wieder bei dem Ausgangspunkt und hatte die Frage zu revidieren: Giebt es einen kategorischen Imperativ gegen den Zweikampf mit tödlichen Waffen?

Bisher war ihm unrecht geschehen, und er hatte es mit heroischem Sinn ertragen als das kleinere von zwei Übeln: es war besser, der Rechtszustand wurde unsühnbar in dem einzelnen verletzt als in der Gesamtheit. Er war der Beleidigte gewesen, und er hatte nicht Rache zu nehmen versucht, nicht anerkannt, daß seine Ehre durch Unrecht und Gewaltthat geschädigt werden könnte. Und jetzt? Er selbst hatte sich schwer vergangen, den Frieden eines anderen gestört, göttliches und weltliches Gesetz nicht geachtet. Du sollst nicht begehren deines Nächsten Weib! Und er hatte es begehrt, das leidenschaftliche Verlangen nicht erstickt, die Frucht der Sünde gepflückt. Er hatte beleidigt, den heiligsten Anspruch auf Unverletzlichkeit angetastet.

Und mehr noch, viel mehr. Der Gekränkte war sein Freund, ein Mann, der ihm Gutes gethan, der ihm vollstes Vertrauen geschenkt. In ihm hatte er den Glauben an allen Menschenwert vernichtet. So tief hatte er ihn verletzt, daß es für ihn keine Möglichkeit gab, ihm gerecht werden zu können.

Dieser beleidigte Gatte und Freund, ein Ehrenmann durch und durch, forderte ihn vor die Pistole! Wie er selbst in solchem Fall gehandelt hätte, war gleichgültig, und er wagte nicht einmal, sich zuzutrauen, daß er anders gehandelt hätte. Durfte er ihm antworten: Ich erkenne das Duell nicht als eine Sühne geschehenen Unrechts an – ich schlage mich nicht? Wenn er eine andere Sühne gar nicht bieten konnte! Unmöglich – für sein Gefühl unmöglich.

Gab's wirklich keine andere Sühne der Schuld? Oh! es leuchtete da ein Gedanke in seinem gemarterten Hirn auf. Wenn er sich das Leben nahm ...Konnte er schwerer als mit dem Tode büßen? Und er belastete das Gewissen des Freundes nicht, wurde sich selbst nicht untreu – und alle Not des doch ewig unbefriedigten Daseins hätte ein Ende!

Aber hieß das dem Gekränkten gerecht werden? Sich der Verantwortlichkeit durch feige Flucht entziehen, hieß es. War sein Vergehen, wie er es selbst verurteilen mußte, todeswürdig? Hatte er an sich eine Strafe zu vollstrecken, seinem Gerechtigkeitsgefühl angemessen? Adelheid war seine Braut – er hatte nur das Weib wiedergefunden, das er liebte, nicht eine sündhafte Leidenschaft in sein unbewachtes Herz eingelassen. Und wenn der Freund alles wüßte, vielleicht urteilte auch er dann milder in des Freundes Seele hinein. Nein! so konnte die Rechnung nimmer stimmen. Aber Glauberg war er sein Leben schuldig. Er selbst würde in die Luft schießen, das war außer Frage – Glauberg aber mußte die Pistole auf ihn abdrücken können. Das hätte er als sein Recht gefordert, und es war sein Recht.

Er suchte Doktor Haring auf, den einzigen Bekannten, den er um solchen Dienst angehen konnte. Er sagte ihm so wenig als möglich. Nur, daß sein Verhältnis zu Glaubergs Frau der Grund der Forderung sei und jede Hoffnung auf eine Aussöhnung unter den besonderen Umständen wegfalle. Er bat ihn, das Weitere mit Holm zu verabreden. Jede Bedingung, die von der anderen Seite gestellt würde, wäre zu accepieren.

»Ich hab's so kommen sehen,« sagte der Doktor. »Der kranke Mann und die schöne Frau –«

»Lassen wir das,« brach Dürenholz sehr ernst ab.

»Verstehe, verstehe. Aber daß Sie nun doch ein Duell –«

»Der besondere Fall verlangt es.«

»Verstehe. Eigentlich immer die alte Geschichte: wo eine Frau im Spiel ist, gehen alle Grundsätze in die Brüche.«

Darauf antwortete Dürenholz nicht weiter. Er machte einen weiten Spaziergang vor die Stadt hinaus und aß in einer Gartenwirtschaft, die im Sommer viel besucht, aber auch im Winter, zumal bei gutem Schlittenwege, auf Gäste zur Not vorbereitet war. In der Dämmerung ging er nach Hause und schrieb einen kurzen Abschiedsbrief an Glauberg. »Ich versuche nicht, mich zu rechtfertigen,« lautete er, »oder auch nur mein Vergehen gegen dich in milderem Lichte erscheinen zu lassen. Die Thatsache bleibt bestehen, daß ich Adelheid liebe, und daß sie deine Frau ist. Ich unterwerfe mich deinem Willen und gebe dem Ehrenmann Macht über den Beleidiger. So hoffe ich, den Freund um Verzeihung bitten zu dürfen, wenn ich die Schuld, deren ich mir gegen ihn voll bewußt bin, mit dem Leben bezahlt habe.«

Er gab den Brief nicht zur Post, sondern beförderte ihn durch den Sohn seiner Hauswirtin nach der Villa hinaus.

Glauberg wußte schon durch Holm, daß Dürenholz die Forderung angenommen hatte, und war nun ruhiger und gefaßter. Die Nacht war nicht schlecht gewesen; der Schlaf nach den Krämpfen, vielleicht wegen der durch Idas Mitteilungen angeregten Träume, weniger fest als gewöhnlich und in unerklärlicher Weise durch die Einwirkung des Geflüsters der beiden Liebenden unterbrochen, schien nachgeholt werden zu müssen. Er hatte sich nicht nach dem Schlafzimmer bringen, sondern in seiner Arbeitsstube auf einer Chaiselongue betten lassen und war erst gegen Morgen mit sehr schweren Gliedern erwacht. Ein neuer Krampfanfall stellte sich ein, ging aber rasch vorüber. Er schlief dann wieder einige Stunden und war nun eine Weile auffallend frisch. Er ließ sich von Friedrich im Zimmer auf- und abführen, versuchte auch allein zu gehen und an seinem Krückstock aufrecht zu stehen. Dabei hatte er einen Gegenstand in die rechte Hand genommen und hielt ihn vor sich hin, wie darüber weg nach einem Bilde an der Wand zielend, die Beine standen ziemlich fest, aber mitunter knickte das Kreuz unwillkürlich ein, so daß die Hand mit dem Stock ins Schwanken geriet. Minutenlang konnte er sich aber doch halten und schien mit dem Erfolg seiner Bemühungen nicht unzufrieden. Gegen Mittag wurde er wieder sehr ungeduldig, da Holm nicht so bald kam, als er ihn erwartete. Er besaß noch die Pistolen, die bei dem unglücklichen Duell in Gebrauch gewesen waren, und gab sie seinem Schwager aus einem geheimen Fach des Schreibtisches heraus, damit er sie in Ordnung bringen lasse. Ein Arzt sollte ins Vertrauen gezogen und am nächsten Morgen mitgebracht werden. Er händigte Holm auch einen Schlüssel zur seitlichen Gartenpforte ein; niemand von den Beteiligten sollte genötigt sein, durch das Haus zu gehen.

Einige Stunden des Nachmittags brachte er an seinem Schreibtisch zu. Er schloß seine Bücher ab, sah alte Briefschaften und sonstige Papiere durch, die sich in den Schiebladen und Fächern aufgehäuft hatten, sonderte das meiste aus, um es von Friedrich im Kamin verbrennen zu lassen, und ordnete den Rest. Sein Testaments-Niederlegeschein kam ihm in die Hände. Er hatte seine Frau zur Haupterbin eingesetzt und mochte nun überlegen, ob er die letztwillige Verfügung aufheben solle. Er saß eine Weile zurückgelehnt, das Blatt in der Hand und grübelte in sich hinein. Er legte dann auch einen Bogen weißes Papier auf und brach ihn zur Hälfte wie zu einer amtlichen Eingabe. Der finstere Schatten auf seinem wächsernen Gesicht schwand aber wieder, und er legte die Feder fort, ohne sie eingetaucht zu haben. »Das hat ja keinen Zusammenhang,« murmelte er vor sich hin. Der Schein blieb in der Mappe mit allerhand Dokumenten obenauf.

Er ließ sich wieder auf den Rollstuhl schaffen und las bei der Lampe in einem Buche philosophischen Inhalts, das ihn schon seit längerer Zeit beschäftigte. Er liebte die schwerere Lektüre, die zu denken gab. Jetzt wendete er die Blätter sehr langsam um, und manchmal lag das Buch eine Weile auf der Decke. Eine tiefe Traurigkeit überkam ihn, das Atmen schien ihm schwer zu werden, bis er sich durch ein schmerzliches Seufzen Luft machte.

Dann wurde ihm Walthers Brief überbracht. Er erkannte sogleich die Handschrift und gab ihn unwillig zurück. »Wird nicht angenommen,« sagte er, und – als Friedrich bemerkte, der junge Mensch hatte sich gleich entfernt –: »In den Kamin!« Ehe dieser Befehl aber ausgeführt war, rief er den Diener zurück. »Geben Sie nur. Es ist gut.«

Er las die wenigen Zeilen wieder und wieder. Erst brannten seine Blicke haßerfüllt darauf, bald wurden ihm die Augen feucht. »Ihn so zu verlieren!«

Noch eine Stunde verging, dann wurde leise an die Thür geklopft, die nach dem Salon führte. Er erschrak heftig. Es war ihm sofort gewiß, daß Adelheid klopfte.

Er schwieg. Doch stützte er sich auf den Ellenbogen und horchte gespannt. Erst als sich das Klopfen zaghaft wiederholte, rief er: »Wer da?«

Die Thür öffnete sich ein wenig. »Darf ich bei dir eintreten, Veit?« fragte eine zitternde Stimme. Er erkannte sie.

Wieder dauerte es eine Weile, bis er sich zur Antwort entschloß. Dann sagte er, überraschend milde: »Du darfst.«

Adelheid trat ein. Sie ging mit gefalteten Händen auf ihn zu und sank neben ihm nieder. »Ich wußte es,« rief sie, »du bist gut.«

»Steh auf,« bat er, »wir wollen einander keine Szene machen. Es wird gut sein, wenn wir ruhig besprechen, was deinetwegen jetzt geschehen soll. Deshalb kommst du wohl auch.«

Sie schüttelte den Kopf und sah aus den vergrämten Augen zu ihm auf. »Ich werde meine Pflicht thun,« antwortete sie, »solange du sie annehmen willst. Von mir aus ändert sich nichts.«

»Du willst – bei mir bleiben?« fragte er verwundert.

»Wie, ich dir's gelobt habe. Wenn du mich nicht fortschicken willst! Es ist nichts geschehen, was mich in deiner Gegenwart mir selbst verächtlich machen müßte.«

»Adelheid –!«

Sie legte die Hand aufs Herz.

»Nichts – so sehr ich mich dir verschuldet habe.«

»Hast du – Walther – heute gesprochen?« preßte er heraus.

»Nein.«

»Und keinen Brief von ihm erhalten?«

»Nein – wahrhaftig nicht.«

»So warte – bis morgen. Es kann sich dann manches – aufgeklärt haben.«

»Nicht das, was du nur durch ihn oder mich erfahren kannst. Wie du ihn gestern abgewiesen hast, muß ich zweifeln, daß du ihn später hast hören wollen. Deshalb komme ich nun zu dir, nachdem die Sturmwellen des Zornes sich gelegt haben, und ich bitte dich, verdamme uns nicht, bevor du die ganze Wahrheit hast.«

»Ich verdamme dich nicht, Adelheid,« antwortete er nach einer Weile stillen Nachsinnens. »Aus Mitleid gabst du mir deine Hand, nicht aus Liebe, und meine Gattin warst du, nicht mein Weib. Wendete sich dein Herz dem Manne zu, den ich selbst von allen Männern am liebenswürdigsten und achtungswertesten hielt – wie konnte ich dir das zum Verbrechen rechnen? Nur so weit hättest du es nicht kommen lassen dürfen, daß ich … Doch es ist dir verziehen – auch das. Es ist des Weibes schönes Vorrecht, schwach sein zu dürfen, wenn es liebt. Er aber – er – der Freund –!« Er hob die Stimme und deckte die Hand über die Augen, aus denen die Thränen vorschossen.

»Ich bin schuldiger als er,« sagte sie, ihm die andere Hand küssend. »Denn ich verleitete ihn zu bleiben, als er gehen wollte, nachdem er – seine Braut wiedergefunden hatte.«

»Seine Braut!« schrie Glauberg auf. »So ist das – wahr? Du warst – die Braut, die er verlor – weil er mannhaft … O – o – oh!«

Sie erzählte, was geschehen war, früher und seit Walthers Rückkehr. Sie klagte sich der unbegreiflichsten Kurzsichtigkeit an und der bedauerlichsten Feigheit. »Den armen Kranken zu schonen, hatte ich im Sinn,« rief sie, »und bedachte nicht, daß ich ihm so viel weher thun müßte. Als ich Walther, mir ganz überraschend, wiedersah – es war ja längst aus zwischen uns, und ich war deine Frau. Warum dich beunruhigen, wenn er gleich wieder abreiste, wie ich als gewiß ansah – wie es auch geschah. Und als du dann so unglücklich darüber warst – ich meinte dir helfen zu können, indem ich ihm und mir ein Übermaß von Charakterfestigkeit zumutete. Das war Aberwitz, ich weiß es jetzt. Und dann kam, was kommen mußte – weil Menschen Menschen sind.«

Glauberg hatte ihr, unbeweglich den Kopf in die Hand gestützt, zugehört. Erst nach einer langen Pause sagte er leise: »Es ist, wie es ist. – Aber ich danke dir. Ich fühl's doch als eine große Erleichterung, zu wissen … Ich danke dir!«

Er zog die Hand von der Wange fort und reichte sie ihr. Es war, als ob er noch etwas auf den Lippen hatte, aber Worte wurden nicht hörbar. Adelheid blieb, nun ebenfalls schweigend, noch kurze Zeit, sagte dann »gute Nacht« und ging. Sie ahnte nicht, was morgen früh geschehen sollte, nicht einmal mit einem ganz unbestimmten bangen Vorgefühl. Alles andere war ihr denkbarer als ein Duell zwischen diesen beiden Menschen.

Glauberg blieb bis gegen zehn Uhr mit sich allein. Dann läutete er dem Diener und befahl ihm, sich im Vorraum ein Lager zu bereiten, ihn aber morgen früh um fünf Uhr zu wecken. »Wahrscheinlich kommt Herr Holm wenig später,« sagte er. »Lassen Sie ihn dann sogleich zu mir. Was weiter geschieht, geht Sie nichts an. Ich hoffe, Sie bis dahin ruhig schlafen lassen zu können.«

»Erlauben Sie nicht, daß ich hier, gnädiger Herr –«

»Es ist nicht nötig. Sie pflegen ja sofort aufzuwachen, wenn ich schelle.«

»Jawohl, gnädiger Herr.«

»Also gute Nacht.«

Als Friedrich pünktlich fünf Uhr eintrat, seinen Herrn zu wecken, fand er ihn fest schlafend. Er rief ihn wiederholt an, erhielt aber keine Antwort. Er zupfte an der Decke, auf welcher ein aufgeschlagenes Buch lag, und legte dann leise die Hand auf seinen Arm. Er fühlte sich kalt an. Es war dem Diener nun auch auffallend, daß das rasselnde Atmen nicht vernehmbar war. Er schob den Schirm von der auf dem Tische brennenden Lampe zur Seite und sah Glauberg ins Gesicht.

Er war tot.

Nachdem der erste Schreck überwunden war, eilte Friedrich durch den Salon und das Eßzimmer nach den Schlafräumen der Villa und klopfte die Jungfer aus dem Bett. Sie sollte der gnädigen Frau melden, was geschehen sei.

Es dauerte denn auch keine Viertelstunde, bis Adelheid, in flüchtiger Morgentoilette, im Zimmer ihres Mannes erschien und sich von seinem Hinscheiden überzeugte. Er lag wie ein

Schlafender, den Kopf ein wenig zur Seite geneigt, die Augen fast ganz geschlossen. Der Ausdruck des Gesichts war ein friedlicher. Die Arme streckten sich straff aus, die Finger krümmten sich gegen die Handflächen hin. Adelheid stand lange neben ihm und betete still. Über ihre Wangen liefen die Thränen. »Und ich konnte nicht bei dir sein!«

Den Schirm an der Lampe mußte er herumgezogen haben, als er schlafen wollte. Auf einem Aschbecher lag eine zur Hälfte gerauchte Zigarre. Das Buch schien eben aus der Hand gelegt zu sein, es befand sich kein Zeichen zwischen die aufgeschlagenen Seiten eingefügt. Wahrscheinlich hatte der Kranke abwarten wollen, ob er einschlafen könne. In dem Glase auf dem Tische war ein Rest des Tränkchens geblieben, das zur Erleichterung des Hustens jeden Abend bereitet wurde. Der Löffel steckte darin. Irgend eine Medizin konnte er nicht eingenommen haben, auch kein Pulver; jedenfalls ließ sich eine Flasche oder eine Papierhülle nicht bemerken. Ein Schächtelchen mit Streichhölzern zeigte sich halb geöffnet, der Inhalt zum kleinen Teil ausgestreut, als hätte er die Hölzchen rascher zur Hand haben wollen, wenn die Zigarre ausgegangen war. In dem mit Asche angefüllten Becher fanden sich auch mehrere halb abgebrannte. Irgend etwas Auffälliges war in seiner Nähe nicht zu entdecken. Uhr und Schlüssel hatten ihren gewöhnlichen Platz unter der Lampe. Adelheid wollte sogleich zu Holm schicken, aber Friedrich meinte, das sei nicht nötig, denn der Herr habe ihn noch vor sechs Uhr erwartet. Das konnte sie sich nicht erklären. Aber Holm kam wirklich sehr bald und war nicht wenig überrascht, sie im Zimmer zu treffen. Die Nachricht von Glaubergs Tode erschütterte ihn tief. Er ging hinaus und holte den Arzt herbei, der aber nur bestätigen konnte, daß die Katastrophe schon vor Stunden eingetreten sein mußte. Und die Todesursache – ? Er zuckte die Achseln. »Bei solchen Kranken kann man jeden Augenblick auf eine plötzliche Veränderung gefaßt sein. Von Krämpfen ist er wohl in der letzten Stunde nicht gequält worden, oder sie hatten wieder aufgehört. Ein Herz- oder Lungenschlag hat seinem Leben ein rasches Ende gemacht.«

Es war Adelheid unbegreiflich, was Holm so früh in die Villa führte, und wie der Arzt so schnell zur Stelle sein konnte. Sie stieß einen leisen Schrei aus, als nun auch Dürenholz durch den Salon, also vom Garten her, eintrat. »Mein Gott,« rief sie, »was sollte denn geschehen?«

»Was durch seinen Tod – für ihn glücklich – abgewendet ist,« antwortete Holm, sie stützend. »Ein Duell –«

Adelheid brach ohnmächtig zusammen, während Walther bei dem Toten niedersank und bitterlich weinend seine kalte Hand küßte.

Nach dem Begräbnis nahm Dürenholz von der Witwe Abschied. Er wolle nach Italien reisen und erst im Herbst zurückkehren.

»Finde ich dich dann hier?« fragte er.

»Suche mich nicht,« bat Adelheid leise. »Ich werde nie vergessen können –«

»Was. Liebste?«

Sie sah ihn mit einem traurigen Blick an. »Du ahnst es, wie ich.«

Die Hand, welche die ihre gefaßt hatte, zuckte. »Und wenn, Adelheid –!«

Da sie die Augen senkte und schwieg, fuhr er nach einer Weile fort: »Wir haben keine Gewißheit – wir werden sie nie haben können. Aber eine innere Wahrscheinlichkeit mag dafür sprechen ... Er hat mir selbst einmal angedeutet, daß er im Besitz eines Mittels sei, seinen Leiden, wenn sie unerträglich würden, ein Ende zu machen.«

»Er dachte an andere Leiden.«

»Ja. Aber auch die konnten ihm nun unerträglich erschienen sein, wenn er sich vorstellte –«

»Das war's doch nicht.«

»So giebt's nur noch eine einzige zulässige Vermutung, Adelheid: er wollte durch seinen Tod alle Hindernisse unserer glücklichen Vereinigung beseitigen.«

»Ja, das – das! Und bedachte nicht, daß er nun ewig zwischen uns stehen müßte.«

Sie brach in ein schluchzendes Weinen aus. Walther ließ ihr Zeit, sich zu beruhigen. Dann sagte er sanft: »Er that, was in seiner Macht stand, diese schreckliche Vorstellung von uns fernzuhalten. Wenn er wirklich Gift nahm, so löschte er auch absichtlich jede Spur aus, die darüber Gewißheit geben konnte. Er traf alle seine Anordnungen, als ob er den Morgen erwartete – er ließ keine Schrift zurück, die seine Absicht zu erkennen gab, sich das Leben zu nehmen, nicht eine Bleifederzeile, die darauf deutete – er legte sich zur letzten Ruhe, als dächte er ans Sterben nicht. Er wußte, daß sein plötzlicher Tod niemand überraschen könnte – auch uns nicht. Er wollte, daß auch wir selbst nicht über eine vage Vermutung hinauskamen, die uns doch nichts Schreckhaftes hätte, da sie ihn uns nur noch liebenswerter im Gedächtnis halten mußte.«

Sie schluchzte leiser: »Und wenn das sein Wille war – wie könnte dadurch unsere Schuld gegen ihn …«

»Sie ist gewißlich vergeben,« tröstete Walther, »– auch mir. Der Zorn war verflogen. Er erfuhr von dir, worin unsere Schuld wurzelte, und – alles verstehen hieß ihm: alles verzeihen. Er *konnte* nun nicht mehr die Pistole auf die Brust des Freundes richten. So that er, was er in kurzem doch meinte thun zu müssen, denn sein Zustand war, wie er wußte, hoffnungslos. Und wir wollten durch übertriebene Gewissenhaftigkeit seinen Edelmut zu schanden machen? Nein, Adelheid, nein! Wir wollen glauben, daß er für uns gestorben ist, und in uns soll er allezeit leben als der edelste, gütigste und opferfreudigste Mensch. So ehrt unsere Liebe sein Andenken!«

Adelheid sank schluchzend in seine Arme.